여자로
돌아와서

# 여자로 돌아와서

1판 1쇄 발행 | 2019년 2월 15일

지은이 | 차덕선
발행인 | 이선우
펴낸곳 | 도서출판 선우미디어
　　　　등록 | 1997. 8. 7 제305-2014-000020
　　　　02643 서울시 동대문구 장한로12길 40, 101동 203호
　　　　☎ 2272-3351, 3352 팩스: 2272-5540
　　　　sunwoome@hanmail.net
　　　　Printed in Korea ⓒ 2019. 차덕선

값 13,000원

※ 이 도서의 국립중앙도서관 출판예정도서목록(CIP)은 서지정보유통지원시스템
　　홈페이지(http://seoji.nl.go.kr)와 국가자료공동목록시스템(http://www.nl.go.kr/kolisnet)에서
　　이용하실 수 있습니다.(CIP제어번호: CIP2019004948)

ISBN 978-89-5658-603-8 03810

# 여자로 돌아와서

### Return as a woman

## 차덕선 에세이

Essays by Gloria Cha

선우미디어 sunwoomedia

# 작가의 말

지구라는 곳, 호랑이모양의 절반인 한국에서 반평생, 세계최대 강국 미국에서 반평생을 살았다.

육신의 분신들을 양육하며, 희로애락의 내 삶의 여정을 돌아보며 빚어낸 자식들을 한 데 묶어 한 권의 책으로 세상에 내놓는다.

이 글을 읽는 독자 한 사람이라도 고개를 끄덕이며 긍정의 표정을 짓고, 웃음이 나오고, 슬픔과 절망이 기쁨과 희망으로 바뀔 수 있는 계기가 된다면 참 좋겠다.

'지금까지 지나온 것 주의 크신 은혜라'라는 찬송을 부르며 이 글을 읽는 모든 독자들께 큰 축복이 함께 하기를 기원 드린다.

이 책이 나오기까지 수고해주신 모든 분들께 특별한 감사를 드린다.

2019년 1월, 미국 하와이에서

차덕선

## 차례

## <sup>chapter</sup>04 하와이 사랑

## chapter 01

가
지
치
기

자신에게 보람된 가치 있는 삶,

남에게 덕이 되는 삶을 산다는 것, 그리하여

아름다운 삶을 살기 위해 가지치기는 당연히 해야 한다고

나 자신과 약속한다.

이 봄에 새로 피어날 꽃의 꽃망울을 생각하며

나의 상처와 아픈 마음도 새로운 꽃망울을 피울 수 있도록

가지치기를 해야 한다고.

나의 결심이 변하지 않도록

내 안의 나와 약속을 다짐하고 또 다짐한다.

- 본문 중에서

# 그 어머니날의 아기

"여보, 이리 와 봐."

젊은 아내는 남편에게 이끌려 진열대 앞에 섰다. 아기를 안은 남편
은 일하다가 나온 차림새였다. 남편이 보석이 들어있는 진열장에서
금목걸이를 몇 개 골라 아내의 목에 대어보았다. 먼저 한 개를 들어
보이며 "이것은 장모님 드리자."고 했다.

"여보 고마워요." 아내가 환하게 웃으면서 남편에게 꾸벅 절을 했
다. 남편은 또다시 목걸이를 고르더니 아내 목에 대보았다. 아내는
필요 없다고 되풀이하며 남편을 말렸다. 남편은 지금은 아이가 어리
니 내가 해 주지만 장차는 아들이 해 줄 것이라면서 아내를 설득했다.
진정 아름다운 정경이었다.

20여 년 전 어머니날에 있었던 이 부부의 장면은 내게 밀레의 〈저
녁 종(晚鐘)〉처럼 마음속에 각인되어 해마다 어머니날이면 떠오르곤
한다.

그런데 어머니날에 흐뭇한 일만 있었던 건 아니었다. 언짢은 장면에 점심을 거르고 마는 날도 있었다. 한 여자가 친정어머니를 모시고 백화점에 들렀는데 노인이 매우 신기한 듯 구경하더니 "이거 얼마나 합니까?" 하고 내게 물었다. 눈곱만 한 다이아몬드가 박혀 있는 반지였다. 200달러 정도 되는 가격이었다. 그런데 딸이 어머니 곁으로 오더니 "그게 얼만데 그래?" 하고 쏘듯이 말하고는 어머니에게 눈총을 주었다. "아니, 그냥….." 하고 얼버무리는 어머니의 모습이 너무 초라하게 느껴졌다. 불손한 그 딸의 태도에 내 마음이 언짢아지고 음식 맛까지 떨어져 점심까지 거르고 말았다.

나의 어머니는 지금 돌아가시고 안 계시지만 여름이면 금단추가 달린 하얀 모시 적삼을 즐겨 입으셨다. 항상 깔끔하고 단정한 모습이셨다. 막내 남동생이 초등학교에 입학해서 처음으로 맞는 어머니날이었다. 그날 어머니가 우리를 너무 놀라게 했다. 모시 적삼의 금단추 대신 초등학교 1학년 막냇동생이 시장 바닥의 좌판대에서 100원 주고 산 유치하고 촌스럽게 번쩍거리는 브로치와 엉성하게 만든 색종이 카네이션을 달고 있었기 때문이었다. 깔끔하신 성정이어서 마음에 들지 않는 선물은 고맙다는 말씀만 하고 장롱 속에 보관하는 분이셨다.

"엄마, 너무 촌스럽다."라면서 나는 인상을 찌푸렸다. 그런데 어머니가 그렇듯 좋아하는 모습은 오랜만이었다. 막내아들이 사 온 조잡한 싸구려 브로치와 어린 아들이 만들어다 준 색종이 카네이션을 금단추보다, 또 화려한 생화의 카네이션 코사지보다 좋은지 행복해하시던 모습이 지금도 어머니날이면 떠오른다.

세상의 어머니들은 촌스럽고 유치한 선물이라도 내 아들딸의 아주 작은 정성과 사랑이 담긴 선물이 최고이다. 그 어떤 값비싼 보석, 화려한 생화보다도 더 귀하게 여기고 행복해하시는 것을 내 어머니가 일찍이 보여 주셨다.

미국에 와서 서른세 번의 어머니날을 보냈다. 백화점을 경영하면서 많은 사람을 대했다. 가끔 모녀같이 다정한 고부간을 볼 때도 있다. 혹시 딸이냐고 물으면 "며느리예요. 딸보다 훨씬 나에게 잘합니다." 며느리도 "아니어요. 우리 어머니는 제게 얼마나 잘 대해 주시는지 몰라요." 하며 서로 자랑을 한다. 옆에서 보는 사람들도 내 일인 양 흐뭇해진다.

어떤 어머니는 평생을 외딸 하나를 키우면서 살았는데 지금도 손주를 업고 집안일에서 헤어나지 못한다. 친구들도 만나지 못하고 평생 식모처럼 아이 보는 사람으로 산다. 나이 들어가는 어머니는 평상시의 작은 말 한 마디에도 상처 입을 수 있다는 것, 그것이 늙어 가는 것이라는 걸 자식들은 알아야 한다. 말 한 마디, 작은 선물이라도 사랑과 존경이 담겨 있으면 값진 보석 이상으로 어머니들은 행복해하신다. 나는 백화점을 경영하며 자주 경험했다.

어느 날, 한 청년이 우리 백화점에 찾아왔다. 그는 물건을 돌아보지도 않고 곧장 내게로 와서 꾸벅 인사를 하기에 자선(慈善) 단체에서 성금을 받으러 온 사람인 줄 알았다. 그런데 나에게 어머니께 드릴 선물을 좀 추천해 달라고 하는 게 아닌가. 정성 들여 어머니의 선물을 사고 싶어 하는 참 기특한 청년이었다. 더 놀라운 건 그 청년은 20여 년 전에 아버지께 안겨서 왔던 아기임을 알 수 있었다. 그의 얼굴이 그때 그 아름다웠던 내 기억 속의 아기 아빠의 얼굴과 고스란히 닮아 있었다. 나는 청년을 성의껏 도와주었고 그의 부모의 안부도 들을 수 있었다.

그날, 나는 온종일 흐뭇하며 행복하고 기쁘게 보낼 수 있었다.

"복 받기를 원하면 부모를 공경하라."는 성경의 가르침이다. 아직 부모님이 살아 계시다면 행복한 사람이다. 부모님은 어쩌다 한 번 받는 자식의 작은 선물이나 감사의 말에도 얼마나 기뻐하시는지! 기쁨을 드리는 일에 길들어야 부모 자식 사이가 더 돈독해진다. 자식 교육에서 감사하는 마음은 큰 덕목으로 강조되어야 한다.

금년의 어머니날에는 또 다시 마음 불편한 일로 식사를 거르는 일이 없기를, 흐뭇한 정경들과 만나지기를 기대한다.

# Nice weather

　오랜만에 비가 온다. 아마 봄을 재촉하는 비인가 보다. 지금 내가 잠깐 와 있는 이곳 LA에는 비가 귀하다. 비 오는 날 만나는 사람들은 "Nice weather"라고 인사한다. 비 오는 날을 좋은 날씨라고 하니 처음에는 이해가 가지 않았다. 사람은 많고 비가 오지 않아 물이 귀한 도시가 LA이다. 비가 많이 오지 않으므로 가로수나 숲들은 생기가 없고, 정원이 넓으며 수영장이 있는 집은 물 값이 천 불 이상 나온다. 그래서 물로 씻는 접시를 사용하는 것보다 일회용 접시를 사용하고 버리는 것이 더 경제적이라고도 한다. 더불어 산불이 자주 일어난다.

　한번은 차를 타고 LA 다운타운을 지나가는데 소방차들이 길옆에 여러 대가 서 있었다. 길옆의 작은 풀들이 말라서 여러 군데 불이 붙어 타오르는 것을 끄느라 야단이다. 말로만 듣던 산불이 이렇게 시초가 되어 큰불이 되나 보다. 풀은 마를 대로 말라서 완전 불쏘시개가 되어 활활 타고 있었다. 그 모습을 보면서 나무들에게 안타까운 내 마음을 전했다. "이왕 태어날 때 금수저, 은수저, 흙수저는 못 물고 나와도 물수저는 듬뿍 물고 나오지." 목이 말라 스스로를 견디지 못하고 활활 타고 있으니 너무도 가엽고 안타까워 이런 푸념을 혼자 중얼거렸다. 사람이 보지 않는 곳에서 불이 한 번 붙으면 걷잡을 수 없이 큰불이 되어 삶의 터전인 집도 태워 버리고 때로는 목숨까지 앗아가는 뉴스를 접할 때 우리를 너무도 안타깝게 한다.

지난번에 내가 사는 동네 가까이에서 산불이 나 일주일째 진압이 되지 않고 계속 타고 있을 때 여러 지인이 걱정되어 전화도 하고 이메일로 소식을 물어오기도 했다. 바람까지 세차게 부는 날 산불이 나면 속수무책으로 며칠이 가도 불을 진압하지 못했다. 그럴 때는 주위의 학교도 휴교하고 직장도 문을 닫는 경우가 있다. 인명 피해와 재산 피해가 많이 늘어난다는 뉴스를 들으면 너무 우울해진다.

몇 년 전 LA에 사는 문인들과 함께 미국 중남부로 인문학 기행을 다녀왔다. 뉴올리언스에 도착했을 때 마침 비가 내렸다. 문인들은 비를 피해 상점에 들어가 간이용 비옷을 사서 입었다. 그런데 일행 중 LA에서 온 문인들은 비를 맞으면서 좋아했다. 그때도 나는 LA에서 온 문인들이 비를 맞으면서 좋아하는 것을 이해할 수 없었다. 그러나 내가 LA에서 몇 달 지내다 보니 비가 얼마나 귀한 곳인지 알게 되었다. 그곳 사람들이 비 오는 날 사람을 만나게 되면 "Nice weather." 하며 인사를 하는 것도 이해하게 됐다.

오늘은 그 귀한 비가 온종일 내린다. 나도 잠깐 밖에 나가 비를 맞으며 "참으로 오랜만에 왔구나. 좀 자주 만나자." 하늘을 올려다보며 비에게 인사를 했다.

동네 등산로를 통해 등산하다 보면 목이 마른다. 나는 물을 마실 수 있지만, 나무들은 비가 오지 않으면 목이 말라도 견딜 수밖에 없다. 숲속에서 견디다 못해 말라 죽은 나무도 발견하게 된다. 비가 얼마나 귀한지 LA에서 몇 달을 살다 보니 나도 비를 맞으며 새삼 비의 고마움에 하늘을 향해 손을 들어 비를 환영하게 된다. 오늘은 조용히 내리는 비를 바라보며 나도 "Nice weather." 하고 외친다.

내가 사는 하와이에선 하루에도 몇 번씩 비가 온다. 억수같이 쏟아지는 비가 아니다. 조금 오다 그치고 또 조금 오다 그친다. 그 다음엔 무지개가 뜬다. 그런 날들이 반복되니 나무들은 푸르고 무성하게 자라며 꽃들도 아름답게 피고 열대 과일들도 싱싱하게 자라 풍성한 먹거리를 제공해 주는 곳이 하와이다.

미국은 워낙 큰 나라이기 때문에 도시마다 특징이 있지만 LA는 비가 자주 와서 이웃들과 서로 만나면 "Nice weather." 하고 인사를 하는 날이 많으면 좋겠다.


사람도 목마르고
나무도 목마르고
금수저 은수저 흙수저는 못 물고 태어나도
물수저라도 물고 나오지
흔한 물도 마음껏 못 먹어
폭염 속에 참다못해
목이 말라 생기 없이 축 늘어진 모습

잡초들도 불쏘시게 되어 활활 타고 있네
곳곳에 소방차 불 끄느라 정신없네
하늘이여 비를 주소서
무슨 죄가 있다고 초목들을 이렇게 태워 죽이나이까
하늘이여 비를 주소서
목마른 저 나무들 살려 주소서
　　－졸시 〈LA에서 산불이 나는 것을 목격하고〉

# 가지치기

내가 사는 하와이는 2월부터 가로수 가지치기를 시작한다. 가로수 대부분은 아름다운 색상의 꽃나무들과 사시사철 푸른색을 가진 나무들이다. 하와이는 연중 기후가 온화하고 비가 자주 오기에 일반적으로 건조한 지역에 비해 나무들이 잘 자란다. 하이웨이 양쪽에서 자라고 있는 나무들이 잘 자라 교통에 방해가 될 만하면 한두 달에 한 번씩 곳에 따라 가지치기를 해 준다.

나무 전체의 모양에 어울리지 않게 웃자라고 튀어나온 것들도 여지없이 톱질을 당한다. 아름다운 모양을 위해 또 교통에 방해가 되지 않기 위해 나무는 가감 없이 가지치기를 당한다. 잘린 가지는 잘게 토막을 내는 예리한 톱날 기계에 의해 잘게 부서져서 나무들이 자랄 때 필요한 거름으로 사용된다. 가지치기를 당한 나무는 많이 아플 것이다. 그러나 참고 견뎌야 한다. 건강하고 아름다운 미래를 위해.

가지치기한 나무들은 나무 전체의 모양새가 다듬어져 건강한 나무로, 또 튼튼한 꽃망울을 터뜨리며 아름답게 우리에게 다가와 기쁨을 선사한다. 정말 잘 자랐구나. 아름답게 피어났구나. 나도 모르게 감탄하며 칭찬하게 된다. 그러나 가지치기하지 않은 나무는 서로 잘났다고 질서 없이 뻗어 나간 가지에 꽃은 피었지만 어딘지 부산해 보이고 정신이 없게 보여 어지러운 모양새를 보일 때도 있다.

우리 인간 사회도 다양한 사람이 함께 어우러져 살아가고 있다. 때가 되면 나무들 가지치기하듯 우리 사람들도 고쳐야 하는 나쁜 습성이나 몸 안에 들어 있는 나쁜 질병의 문제를 가지치기한다면 더 건강한 삶과 보람되고 아름다운 삶을 살아갈 수 있지 않을까.

나는 작년 봄에 해마다 하는 정기 검진에서 자궁에 이상이 발견되어 조직 검사를 했다. 다행히 암은 아니라는 검진 결과를 접하고 나 역시 가지치기를 했다고 생각했다. 몸 안에서 일어나는 질병은 정기 검진을 통해 나쁜 것을 찾아내어 수술로 가지치기하고 또는 약물로 치료할 수 있다. 그러나 내 마음속에 있는 인간관계에서 받은 상처나 아픈 감정은 가지치기하기가 어렵다.

왜냐하면 과거의 인간관계에서 오는 상처를 잊어버리고 살아왔어도 어느 한순간에 그 상처와 아픔이 되살아나 괴로울 때가 있다.

인간은 각자 개성이 있다. 모든 일이 인간관계에서 이루어지는데 젊은 사람은 세상 경험이 많지 않아 철이 덜 들어서 문제를 일으키는 경우도 있다. 그러나 나이도 먹을 만큼 먹은 인생을 산 어른들이 평생을 남을 위해 베푸는 일은 눈곱만큼도 없고, 늙어서 자신만 생각하는 노탐이 목구멍까지 차서 계속 움켜쥐기만 하는 사람을 주위에서 볼 수가 있다. 사람들에게 존경은 물론이고 본이 되지 않는 삶을 살고 있다면 그것 역시 과감하게 가지치기해야 한다. 그래야만 세상을 떠났을 때 지인들의 입에서 그 노후가 추하지 않고 아름다웠다며 본이 되는 삶을 살다간 사람으로 기억될 것이다.

사실 인간관계란 내가 먼저 용서하고 베풀면 되는 것으로 생각했지만 상대가 정상적인 생각에서 빗나간 생각을 하고 있을 땐 용서하고 베푼다고 일이 해결되지 않는 경우도 있다.

그러나 예수님은 자신을 못 박아 죽인 죄인들도 조건 없이 용서했고 무조건 사랑하지 않았는가. 나는 예수님처럼 할 수는 없어도 더 기도하며 나 자신의 상처와 아픈 감정의 가지치기를 과감히 하기 위해 자신에게 타이르기를 거듭한다.

자신에게 보람된 가치 있는 삶, 남에게 덕이 되는 삶을 산다는 것, 그리하여 아름다운 삶을 살기 위해 가지치기는 당연히 해야 한다고 나 자신과 약속한다. 이 봄에 새로 피어날 꽃의 꽃망울을 생각하며 나의 상처와 아픈 마음도 새로운 꽃망울을 피울 수 있도록 가지치기를 해야 한다고. 나의 결심이 변하지 않도록 내 안의 나와 약속을 다짐하고 또 다짐한다.

# 들꽃들의 합창

오월의 들녘에는 들꽃들의 향연이 펼쳐진다. 아침 산책하러 나가면 이름 모를 들꽃들이 나를 반긴다. 물 주는 사람도 없고 돌보는 사람도 없다. 그렇게 화려하지도 않고 뛰어난 아름다움도 없다. 크기도 그리 크지 않고 수수한 모양이 많다.

아주 작은 국화 모양의 들꽃도 내가 좋아하는 연한 보라색이다. 작은 나팔꽃 모양의 하얀색 꽃은 땅에 엎드리듯 깔려 있다. 들꽃의 막내다. 초등학교 소풍 갔을 때 들녘에서 클로버 잎 모양에 앙증맞게 동그란 꽃이 붙어 있는 걸 발견한 적이 있다. 너도 나도 손가락에 꽃반지를 만들어 끼고 서로 예쁘다고 자랑했던 반지꽃도 있다. 같은 종류끼리 옹기종기 모여 있다. 어떤 들꽃도 잘났다고 뽐내지 않는다.

나는 이 들꽃들을 보면서 이 땅에 와서 사는 우리 이민 일 세대와 너무도 닮은 것 같아 사랑하지 않을 수가 없다. 아무도 돌봐 주지 않는 척박한 환경에서도 저리 당당하게 피어 있으니 말이다.

군데군데 모여 피는 모습도 옹기종기 모여 사는 한인 타운처럼 생각되어 더 정이 간다. 우리 이민 1세대는 저마다 자신의 전공과는 거리가 먼 직업 전선에서 오직 가족을 위해 이 땅에 뿌리를 내리기 위해 자기를 희생하며 앞만 보고 살아온 사람들이다. 아무도 도와주지 않는 어려운 환경에서도 꿋꿋이 살아남으며 자녀를 잘 키워 들녘에 핀 이름 없는 꽃들처럼 아름다움을 나타내고 있다.

해마다 졸업 시즌이 되면 미국 곳곳에서 우리 자녀들이 장한 학업을 성취하여 언론에서 주목하는 모습을 종종 볼 수 있다. 이민 1세대들의 피와 땀의 결실인 것이다. 얼마나 자랑스럽고 대견한지 마치 자식인 양 반갑고 그 부모님들의 자식 뒷바라지에 바친 수고와 노력에 박수를 보낸다.

들꽃처럼 살아온 사람들이 미국에 와서 사는 우리 이민자들뿐이겠는가. 세계 어느 곳을 가도 한국 사람 없는 곳이 없다고 한다. 세계 방방곡곡에서 우리 민족 특유의 근면함과 영민함이 폐허된 동네를 일으키고 교회를 세우고 상권을 키워 그 나라 사람들의 본보기가 되고 있지 않은가. 이제는 환경이 제일 열악하다는 아프리카 오지에까지 선교사들이 나가 선교하는 민족이 바로 우리 한국 민족이다. 물 주는 사람이 없고 돌봐 주는 사람이 없어도 때가 되면 당당하게 피어나는 들꽃처럼….

나는 오늘도 아침 산책길에 무리 지어 피어 있는 들꽃들의 합창 소리를 듣는다.

'세상에서 아무도 돌보아 주는 이 없어도 우리들은 꽃을 피웠네.

당신들의 자녀들이 꽃을 피우듯이….' 들꽃들은 환한 미소를 띠며 아름다운 하모니로 내 가슴과 귀를 행복하게 만든다.

나도 한 포기 들꽃이 되어 목청 높여 노래한다.

"우리 모두 꽃을 피웠네. 희망의 꽃을…."

# 그리움의 하얀 배 한 척

"어떤 개인 날, 바다 저편에 연기가 피어오르며 흰 배가 나타나고 늠름한 내 사랑 돌아오리라. 하지만 마중은 안 나갈 테요. 나 홀로 그 님 오길 기다릴 테요. 사랑은 이 언덕에서 맞을래요. 그대는 부르겠지."버터플라이 "그러나 나는 대답하지 않고 숨겠어요. 너무 기뻐서 죽을지도 몰라요. 내 사랑이여, 내 님이여, 그대는 반드시 돌아오리. 아 아 아 아 아~."

이것은 푸치니 오페라 ≪나비부인≫ 2막에 나오는 유명한 아리아 〈어떤 개인 날〉이다.

고등학교 1학년 음악 시간에 처음으로 접한 푸치니의 오페라 중에서 ≪나비부인≫은 화려하고도 애처롭게 엮어진 오페라 음악으로 동양 여인의 한과 이태리 오페라의 특유한 아름다움을 나타내고 있었다. 무대는 일본 나가사키에 와 있는 미국 해군 중위 핑커튼이 일본 기생 15살의 초초상(나비부인)과 계약 결혼을 한다. 핑커튼이 본국으로 떠난 지 3년 동안 소식이 없는 가운데 다른 사람과 결혼을 종용받지만 한 마디로 거절하고 여자의 절개를 지킨다. 그때 애타게 남편을 기다리며 바다를 보면서 부르는 유명한 아리아가 <어떤 개인 날>이다. 어느 날 기다리던 남편이 돌아왔지만 새로운 부인과 함께 나타나 핑커튼과 초초상 사이에서 태어난 파란 눈의 아들을 데려가겠다고 했다. 초초상은 자살로 생을 마감하는 비극의 오페라였다. 처음으로 오페라 <어떤 개인 날>의 애절한 노래는 우리 어린 소녀의 가슴을 파고들어 눈물을 흘리게 했다.

그때만 해도 우리의 음악 수준이 높지 못해서 오페라를 공연하는 무대가 없었고 오직 레코드판만 가지고 설명을 들었다. 그 당시는 제대로 된 레코드판을 구하기도 힘들었을 때였으므로 처음 접한 오페라의 줄거리와 아리아는 여고생의 마음을 흔들어 놓기에 충분했다.

오페라를 직접 볼 기회가 있었다. 그런데 여주인공인 초초상의 역할을 서양 여자가 기모노를 입고서 일본 여자로 분장했다. 서양 나비부인은 어울리지 않았고 음악은 훌륭했지만, 동양적인 한을 나타내는 것이 어설펐다. 그 후 동양 여자가 하는 나비부인을 본 적이 있었다. 우선 외모에서 풍기는 동양 여자의 이미지가 좋았고, 한이 서린 표현이 애잔함을 더해 주어, 한층 그 오페라에 어울렸다.

그 후 DVD로 출시된 것도 보게 되었다. ≪나비부인≫의 무대인 나가사키 항구는 아름다웠고 나비부인의 집은 바다가 보이는 언덕에 있어 항상 바다를 바라보며 핑커튼이 타고 올 하얀 해군 함정이 들어

오는 것을 매일 기다리고 있었다. 그 하얀 해군 기선은 그리움을 실은 배로, 초초상은 애타게 남편을 기다리다가 세상과 한이 서린 이별로써 끝을 맺는다.

나는 언제부터인가 지평선이 바라보이는 산중턱에 서서 바다 위에 떠있는 하얀 배 한 척의 환상을 보곤 한다, 마치 나비부인이 기다리던 그리움의 하얀 배처럼. 가끔 이 지평선 위의 파란 바다를 보면 나비부인의 그 애처로운 아리아가 떠오르기도 한다. 쾌청한 날씨에 멀리 지평선 위에 떠 있는 하얀 배는 분명 그리움을 실은 배일 것이라고 생각을 해 본다.

세상에 살다 보면 그리움이 없는 사람이 어디 있을까. 그러나 그립다고 다 만날 수 있는 것도 아닌 것 같다. 이북에 두고 온 부모 형제, 어릴 때 잃어버려 생사를 모르는 자식, 먼저 세상을 떠난 부모 형제, 또 세상을 먼저 떠나보낸 남편 또는 아내, 피치 못할 사정으로 서로 헤어져 있는 사랑하는 사람들, 모두가 그리움으로 가득 찬 사람들이다. 그 그리움을 실은 하얀 배가 언젠가는 만날 수 있다는 희망을 품고 오늘도 먼 지평선 위에 떠 있다. 아련히 들리는 <어떤 개인 날>의 아리아가 내 귀를 간지럽힌다.

# 여자로 돌아와서

지난 세월을 남자처럼 살아왔다. 34년이다.

1977년 이곳 시카고에 이민을 올 때까지 사회 경험이라고는 한국에서 약국을 11년간 한 것이 전부다. 그런 내가 겁 없이 지금의 로렌스 한인 타운에 D 백화점을 시작했다. 아들 둘과 딸 둘을 키우면서 뒤돌아볼 여유도 없이 앞만 보고 달렸다. 어느새 세월은 지나 은퇴를 앞두었다. 한국에서의 약국 경영을 합치면 그동안 일을 한 것은 정확히 45년이다. 아이들은 다 자라 각기 주어진 환경 속에서 자기 몫을 잘하며 살고 있다. 힘들었던 이민 생활의 보람을 느끼며 감사한 마음이다.

내 나라가 아닌 미국에서의 사업은 모든 것이 서툴고 경험도 없었던 때라 많은 시행착오를 겪었다. 여러 회사의 물건을 사 들이는 과정에서 돈이 있다고 살 수 있는 건 아니었다. 대부분의 유명 회사는 크레딧(credit) 실적을 요구했다. 금방 이민 온 나는 크레딧 레코드가 없었기 때문에 살 수 없었다.

지금도 잊을 수 없는 일은 그 당시 손님들이 좋아하는 유명 브랜드 L 회사의 상품에 대한 거래를 트기 위해 그 회사를 방문했었다. 그때 세일즈맨이 나의 크레딧을 물어보았다. 한국에서 금방 이민 온 사람으로서 지금부터 하나하나 크레딧을 쌓아 갈 생각이라고 했더니 잠시 후 그가

"당신과의 신용거래 개설은 아직 불가능하다(not available)."라 했다.

퇴짜를 맞았다. 그 후 우연한 기회에 그 회사의 경쟁 상대인 다른 업체와 계약을 맺고 모두가 놀랄 정도로 상품을 많이 팔았다. 주위에 있는 여러 회사를 차차 알게 되어 많은 세일즈맨들이 자기 회사의 물건을 팔기 위해 우리 백화점으로 몰려들었다.

한 3년이 지났을 무렵 낯익은 세일즈맨이 왔다. 내가 처음 이민 와서 유명 브랜드 회사에 거래하러 갔을 때 거절했던 사람이다. 자기 회사와 거래를 하자고 했다. 나도 모르게 그때 그 세일즈맨에게

"당신을 위한 어카운트는 아직 불가능하다(not available)."라고 그때 그 세일즈맨이 한 말 그대로 했다. 그리고 1년이 지난 후에 그 회사와 거래를 다시 시작하면서 그 세일즈맨이 정중히 사과했다. 사업을 하면서 어려운 일도 많았지만 통쾌한 일 중의 하나로 기억에 남았다.

미국 생활은 힘들기도 했지만 보람된 일도 많았다. 우리 백화점 광고가 잡지를 통해 미국 50개 주에 나갔다. 알지도 못하는 미국 시

골에서도 주문이 들어오면 UPS(소포 배달 회사)로 물건을 보내 주었다. 나는 이렇게 미국 전역에 물건을 팔기 시작하면서 미국 시골 곳곳에 사는 한국 여성들을 많이 알게 되었다. 대부분 국제결혼을 한 사람들이다. 그들은 정에 목말라 있었고 사람에 따라 문제도 많고 아픔도 많았다. 시간이 지나다 보니 나는 어느덧 그들을 아끼게 됐으며 아픔도 함께했다. 문제 해결을 위해 서로 기도하며 의지하게 되었다.

켄터키에 사는 제니퍼는 가정에 충실하던 남편이 직장의 유부녀와 정분이 나서 집을 나가 괴로워했다. 외로워 울면서 매일 전화를 했다. 한국말을 들어줄 사람도 함께할 사람도 없어 우울증에 시달리고 있었다. 어려움을 자상히 들어 주고 진실한 마음으로 위로하며 하루도 빼지 않고 서로 시간을 정해 놓고 기도했다. 때로는 같이 울기도 했다. 그 남편은 8개월이 지난 후에 돌아왔다. 얼마나 감사하고 기뻤는지 모른다. 아픔이 있는 그들도 꽁꽁 닫았던 마음의 문을 서서히 열기 시작했다. 자신을 내놓고 울며 얘기할 때 너무나 가슴이 아팠다. 그때 일은 지금도 잊히지 않는다. 고통 후에 오는 보람이었다.

꿈 많던 여고 시절을 생각하면 오랜 세월이 흐른 지금에도 문학가가 되겠다는 희망이 내 가슴속에서 살아 있음을 느낀다. 기욤 아폴리네르의 시 <미라보 다리 아래에서>는 수십 년 세월이 지난 지금도 이따금 감정을 불어넣어 읊어 보게 된다. "미라보 다리 아래 세느강이 흐르고/ 우리들의 사랑도 흐른다/ 내 마음속에 아로새기는 것/ 기쁨은 언제나 고생 끝에 이어 온다는 것을/ 밤도 오고 종도 울려라.

세월은 흘러가는데/ 나는 이곳에 남는다." 또 윤동주의 <별 헤는 밤>은 우리 모두가 합창을 하지 않았던가. "별 하나에 추억과/ 별 하나에 사랑함과/ 별 하나에 쓸쓸함과/ 별 하나에 동경과/ 별 하나에 시와/ 별 하나에 어머니, 어머니."

지금도 지그시 눈을 감고 그때를 생각하면 내 마음은 여고 시절로 돌아가 한참을 헤매다 온다. 소녀 적에 가질 수 있는 감성이 지금도 마음에 아련히 스며 오는 것 같다. 그때 꿈꾸었던 문학가의 꿈을 2011년 ≪뉴욕문학≫에 수필가로 등단했으니, 미국 와서 40년이 지난 지금 은퇴 후 늦게나마 소녀 적의 꿈을 살린 것 같아 감사하다.

남자처럼 정신없이 앞만 보고 살아왔던 일상에서 다시 여자로 돌아오고 내 육신과 영혼 속에 숨겨져 있던 행복을 하나하나 찾아내고 싶다. 나이는 숫자에 불과하다고 누군가 말했다. 은퇴, 영어로 Retire란 그 말은 타이어를 다시 갈아 끼운다는 뜻이다. 지금까지 사용했던 헌 타이어는 퇴역시키고 말이다. 이제 새 타이어를 갈아 끼우고 나에게 새로 주어진 하얀 도화지 위에 내 꿈을 그리고 싶다.

그동안 한 번도 사용하지 못했던 예쁜 커피잔에 향기로운 커피 향을 음미하면서 그리던 친구와 만나 지나온 추억을 얘기하며 여유롭게 수다를 떨고 싶다. 또 내가 좋아하는 가을을 마음껏 즐기고 싶다. 햇빛에 반사되어 형형색색으로 아름다운 단풍들은 나를 유혹하지만 한 번도 그 단풍 길을 걸어 볼 기회가 없었다. 시간에 쫓기는 생활의 연속에서 마음만 간절했다. 해마다 그 단풍을 보면서 언젠가는 너희와 속삭이는 날이 있을 거라고, 그때까지 기다려 달라고, 단풍이 아름다운 공원을 지나며 혼자 속삭였다. 이제 그 약속을 지킬 수 있는 날들이 나를 기다리고 있다.

함박눈을 맞으며 흔적 하나 없는 새하얀 공원의 눈길에 내 발자국을 남기고도 싶다. 눈부신 하얀 눈꽃이 핀 겨울나무 길을 걸어야지. 또 내년엔 시카고 심포니 오케스트라와 리릭 오페라의 정기 공연 티켓도 사야겠다. 도서 목록에서 기다려 온 책도 많이 읽고 싶다. 평생 한 번이라도 가 보고 싶다고 소원했던 비엔나 뮤직 페스티벌을 몇 년 전에 두 딸과 갔다 왔다. 그때의 감격을 잊을 수 없어 다시 가 보고 싶다.

비엔나 거리에서 흔히 볼 수 있는 모차르트의 로코코식 가발과 의상을 입고 음악회 표를 파는 사람을 볼 수 있었다. 영화에서 보던 궁중 음악회에 가는 기분으로 표를 사 음악회에 간 적도 있다. 비엔나 소년 합창단의 맑고 청아한 목소리를 직접 들을 수 있는 연주회에서 감동의 박수를 보낸 것도 잊을 수 없다. 비엔나에서 초콜릿이 담긴 모차르트의 컵을 사 왔는데 지금도 그 컵을 보면 비엔나의 좋은 연주와 유서 깊은 건축물에 매료되어 행복했던 날들을 잊을 수 없다.

기차로 미국의 곳곳을 구경하며 아름다운 자연을 노래하고 싶다. 장사만 하고 살아온 내 영혼은 너무 황폐해지고 더러는 지쳐서 힘들었을 때도 오직 위로가 된 것은 신앙의 힘이었다. 기도함으로 평안함이 왔고 용기를 얻었다. 아직은 건강에 문제가 없으니 내가 누리고 싶었던 행복한 일과 봉사활동도 할 것이다. 그리고 남자처럼 숏커트에 바지만 입고 일해 왔는데 머리를 길러 웨이브를 넣고 꽃무늬가 있는 치마도 입은 여자로 돌아와서 부엌에서 산적(散炙)을 부치고 신선로에 열구자탕(悅口子湯)도 끓이는 진짜 여자로 돌아와 아름다운 삶을 다시 시작하고자 한다.

새 타이어를 갈아 끼우고 하고 싶은 일이 너무도 많다. 내가 준비한 멋진 은퇴 후의 길을 내다보며 설렌다. 상냥하고 자상한 여자로 돌아와서 원숙한 삶을 살고 싶다.

여자로 돌아와 새로 끼운 타이어가 계속 굴러갈 때까지 나는 내가 준비한 멋진 제3의 인생을 달릴 것이다.

# 대상포진

지난 1월 하순 본토에 여행을 갔다 온 후 오른쪽 입술 주위에 물집이 한두 개 생겼다. 나는 평소에도 운동을 심하게 했다든가 잠을 설치면서 책을 읽은 날은 입술 주위에 물집이 한두 개 생기고는 했다. 몇 날이 지나면 그 물집은 터져 없어지고 물집이 터진 자국도 조금 지나면 없어졌다.

그런데 이번에 생긴 물집은 코밑과 오른쪽 입술 주위와 오른쪽 눈밑과 오른쪽 뺨에도 한두 개 생겼다. 더불어 오른쪽 머리를 바늘로 찌르는 것처럼 통증이 왔다. 한 번도 경험해 보지 못한 지독한 통증이었다. 평소에 피로에서 오는 증상하고는 너무도 달랐다. 3일째 되는 날 병원엘 갔더니 의사는 상처를 보고 금방 싱가(Single)라면서 Acyclover라는 복용약과 얼굴에 바르는 연고(Acyclovir)를 처방해 주었다. 이 병이 바로 대상포진이다.

발명하는 원인은 수두 바이러스로, 어릴 적 수두에 걸렸던 경험이 있는 사람, 또 자신도 모르는 사이에 수두를 잠깐 앓은 사람도 몸속 신경절에 수두 바이러스가 잠복하고 있다가 몸의 면역력 저하와 스트레스, 외상 등으로 인해 몸의 저항력이 현저히 떨어지면 활동을 한단다.

오래전에 이 병을 앓았던 권사님이 두 달 동안 병원에 입원을 한 일이 있었다. 그때 무슨 병인데 두 달씩이나 병원에 입원하는가 했다. 처방 약을 하루에 6시간마다 4번 복용하고, 연고를 6번 환부에 바르면서도 주기적으로 오는 통증이 너무 심해 진통제를 먹지 않으면 견딜 수가 없었다. 이 병으로 인해 나의 모든 활동은 중지되었고 집 안에만 칩거하게 되었다. 운동도 못 하고, 학교도 못 가고, 봄 공연을 위한 합창 연습도 포기하고, 오직 이 대상포진 병에 매달려 약을 먹고 바르고 하는 일만으로 하루하루를 보냈다.

나는 약사라는 직업을 가졌던 사람으로서 약에 대한 부작용을 알기 때문에 평소에 조금 아픈 것은 약을 먹지 않고 운동을 하면서 견디다 보면 자연적으로 낫는 경험을 많이 했다. 그런데 이번 경우는 진통제를 먹지 않고는 견딜 수가 없었다. 입술 주위가 붓고 통증이 와서 잠을 잘 수 없기에 타이레놀과 아이비 프로펜 진통제를 복용했다. 약을 먹은 지 7일째 되는 날, 물집이 터져 까만 딱지가 생기고 부기도 빠지면서 조금 견딜 만해졌다. 약의 효과가 좋았고, 특히 평소 진통제를 입에 대지 않던 내가 이번엔 진통제의 효력을 단단히 본 것이었다. 이 진통제가 없었으면 이 아픈 고통을 어떻게 이길 수 있었을까. 끔찍했다.

병을 앓고 난 후 4주째 되는 날 밖에 나와서 햇빛을 온몸에 받으며 한참 즐겼다. 이곳은 밖에 나갈 때 필수적으로 햇빛 차단 크림을 바르고 외출한다. 평균 화씨 80도를 웃도는 날씨이기 때문에 햇빛이 너무 강해 꼭 햇빛 차단제를 발라야만 한다. 대상포진으로 인해 햇빛을 보지 못했는데 4주 만에 보는 햇빛은 평소 내가 느끼지 못한 고마움을 주었다. 한참 동안 햇빛 속에서 눈부신 햇살의 찬란한 빛에 감탄하고 따스한 햇볕에 내 몸을 맡기며 즐겼다.

몸이 아파 병원에만 있어야 하는 사람들을 생각하며 내가 햇빛을 즐길 수 있다는 이 사실 하나만으로도 감사에 감사를 더하면서 고통을 준 대상포진이 나에게 많은 것을 깨닫게 했다.

바이바이 대상포진!

# 그리운 친구들

　내가 대학에 다닐 때다. 나는 집이 서울이었지만 가까이 지냈던 친구 몇 명은 광주, 부산 또는 시골에서 올라왔다. 우리들은 약학을 전공했기 때문에 매주 시험을 치러야 했고, 그렇기 때문에 시간이 주어지면 도서관에 틀어박혀 공부했다. 하얀 물체에 녹아 있는 이온을 찾아내기 위해 실험실에서 실험을 계속하면 손바닥은 황산에 타서 껍질이 항상 베껴져 있다. 정상적인 손바닥이 될 즈음엔 또 실험 시간이 닥쳐 손바닥은 노동자 손처럼 되어 있었다. 시간에 쫓겨 도서관과 실험실에서 시간을 보내는 것이 학교생활 대부분이었다.

　그때는 다른 과 학생들은 데이트를 자주 하는 시기였지만 우리 약학과 학생들은 꿈도 꾸지 못했다. 국문과 영문과 학생들이 수업이 끝나면 예쁘게 단장을 하고 데이트하러 교문을 나서는 것을 보며 부러워했다. 우리는 실험 가운을 입고 실험실에서 화학 물질의 냄새에 질려 실험실 밖 잔디밭에 벌렁 누워 하늘을 쳐다보며 "아이구, 내

팔자야." 하며 한탄했다.

대학 시절의 아름답고 멋있는 추억이 별로 없다. 한 주도 거르지 않고 있는 각 과목의 시험은 때로는 몇 과목이 겹쳐 밤을 새워 공부를 해야 했기 때문에 쏟아지는 잠을 주체 못 해 커피를 주전자로 끓여 놓고 마셔도 잠이 계속 쏟아져서 힘든 때였다. 옷을 예쁘게 입고 모양을 낼 시간도 없고 데이트할 시간은 더더욱 없었다.

타지에서 올라온 내 친구들은 집안이 그리 넉넉하지가 않았다. 대부분 자취를 하면서 살았기 때문에 잘 먹고 잘 입지 못했다. 모두 최소한의 생활로 대학 생활을 했다.

학기말 시험을 치르고 학기가 끝나면 나는 친구들에게 "우리 집에 밥 먹으러 가자." 하며 우리 집으로 데리고 갔다. 특별한 반찬이 마련되어 있는 것도 아니었다. 집에 도착하면 식모 아줌마에게 밥을 한 솥 해 달라 하고 땅속에 묻어 놓은 김장독에서 김치를 한 대야 내어 오게 했다. 포기 김장김치의 꼭지를 칼로 자른 후 손으로 길게 찢어 금방 지은 기름이 자르르 흐르는 하얀 쌀밥 한 숟갈 위에 얹어 먹으며 친구들은 탄성을 질렀다, 너무 맛있다고. 주로 자취를 하는 친구들이 음식을 제대로 해 먹지 못하고 있던 차에 시험을 끝내고 오는 해방감에서 그때야 배가 고픈 것을 느끼던 때였다. 매 학기가 끝나면 으레 우리 집에서 하얀 쌀밥에 김치를 먹는 파티는 학교 졸업 때까지 이어졌다.

시간은 흘러 고생하며 공부했던 우리들은 국가고시 약사 시험에 합격해서 어엿한 약사가 되어 제약 회사, 또는 병원이나 기간에 취직

한 친구도 있고, 나처럼 자신의 약국을 경영했다. 나는 미국에 살지만 다른 친구들은 대부분 한국에 있다. 그중에 제일 친한 친구 G는 아들 둘을 이 세상에 남겨 놓고 천국으로 이사 갔다.

오랜 세월이 흘러 내가 미국에서 한국으로 나가 친구들을 만나면 그때 우리 집에서 하얀 쌀밥에 김치를 올려 먹었던 그 맛을 평생 잊을 수 없다고 한다. 배가 고팠던 참에 그때 그 맛과 배불리 먹었을 때의 그 포만감에 행복했었다는 이야기를 듣는다.

내가 대학을 다니던 시절엔 서양 음식인 스테이크나 스파게티, 또는 피자 같은 것은 먹어 보지도 못했다. 지금 내 친구들을 만나 그때 먹었던 하얀 쌀밥에 김치를 찢어 한 입씩 먹는다면 그 시절에 느꼈던 그 맛과 행복감을 맛볼 수 있을까.

그 시절 친구들이 많이 그립다.

# 가장 아름다운 모습

세상을 살아가면서 기억에 남는 아름다운 모습이 있다. 철 따라 변하는 자연의 아름다움은 청량제로서 삶의 활력소를 부어 준다. 조물주의 한량없는 사랑을 감사한다.

아기는 걸음마를 배울 때 여러 번 넘어졌다가도 용케 다시 일어나 몇 발자국을 갔을 때 잘했다고 칭찬해 주면 해맑게 웃는다. 그 웃음 속에 해냈다는 아기만의 기쁨에 찬 모습은 너무도 아름답다. 겨우 말을 하는 여자아기가 머리에 리본을 하나 달고선 서툰 말로 "이뻐! 이뻐!"를 연발하는 모습. 졸업 시즌이 되면 소아마비에 걸려 다리를 잘 쓰지 못하는 친구를 도와 3년을 함께하며 같이 졸업장을 받는 순수한 우정의 모습도 너무도 귀하고 아름다운 모습이다.

아프리카의 가난한 아이와 자매결연을 맺어 삶의 희망이 되어 주고 있는 영화배우 차인표와 신애라 부부가 그 아이들과 함께 환하게 웃고 있는 모습은 감동을 주며 코끝까지 찡하게 만드는 아름다운 모습이다. 온 얼굴이 주름투성이이고, 거칠 때로 거친 손으로 병든 아이를 안고 있는 테레사 수녀님의 모습도 감동을 주는 아름다운 모습이다.

독도는 우리 땅이라고 변함없는 독도 사랑으로 뉴욕의 신문과 전광판에 엄청난 광고비를 내면서 미국의 중심에까지 독도 알림의 대명사 역할을 하면서도 중심이 흐트러짐 없이 몸을 아끼지 않고 공연에 열정을 다하는 가수 김장환의 모습도 아름답다. 나이 들어 시력이 약해진 아내를 위해 생선뼈를 발라 밥숟갈에 일일이 올려 주는 할아버지의 모습, 머리가 하얗게 되어 버린 노부부가 손을 꼭 잡고 저녁노을 속을 산책하는 모습, 주일이면 어린아이를 안고 종종걸음으로 교회에 들어서는 젊은 부부의 모습.

그러나 아름답다고 생각했던 사람들이 추한 모습으로 기억되는 일도 있다. 해마다 열리는 영화제에서 여자 연예인들의 드레스에 세인들의 관심이 쏟아진다. 평소 인기 있는 여자 연예인이 노출이 심한 드레스를 입고 그 옷이 벗겨질까 봐 내내 걱정하는 모습을 보았다. 평소 그 연예인의 아름다운 모습이 아닌 듯해 추해 보였다. 요즘엔 노출의 시대라고 하지만 지나친 노출은 오히려 역겨운 모습으로 기억된다. "나이 마흔이 넘으면 자신의 얼굴에 책임을 져야 한다."는 말이 있다. 세상의 고민을 혼자 지고 마음의 문도 꼭꼭 닫아걸고 살아가는 사람의 인상이 밝을 수는 없다. 결국은 내면의 아름다움이 쌓여 밖으로 나오는 아름다움이 진정한 아름다움이다.

비슷한 환경에서 사는 사람도 그 사람의 인생관에 의해 극과 극의 사람을 본다. 마약하고 도박해서 감옥살이하는 연예인들이 있는가 하면 인생의 참된 목표가 있어 그 목표를 향해 열심히 살아가는 가수와 탤런트, 영화배우들의 아름다운 모습은 칭찬에 칭찬을 받아도 마땅하며 본받을 모델이다. 나이가 들면 아집과 고집으로 자신만 생각하며 이기적으로 살아가는 노후의 모습은 아름다움이 발산될 수 없다. 존경받는 노후의 아름다운 모습으로 기억되기 위해서는 내면의 욕심과 아집과 고집을 버리고 포용과 이해와 관용으로 사람 됨됨의 내면의 아름다움이 성숙하여 밖으로 보일 때 우리는 진정 잊을 수 없는 최고의 아름다운 모습으로 영원히 기억될 것이다.

# 노래방의 젊은 열기

나는 촌사람 중의 촌사람이다. 그것도 미국에 사는 사람으로 말이다. 며칠 전 고등학교 후배가 시카고를 방문했다. 그동안 사업 관계로 동창회 모임도 낮에 할 때는 갈 수가 없었다. 은퇴 후 오랜만에 한국에서 온 후배 동창 환영도 할 겸해서 고등학교 동창들이 모였다. 아침엔 비가 조금 내렸지만 그리 나쁘지 않았다. 시카고의 북쪽 서버브에 자리 잡고 있는 아름다운 보타니 가든에서 만나 커피도 마시고 꽃길을 걸으면서 지난 학창 시절 이야기로 추억의 꽃을 피웠다. 점심은 서버브 한인 타운으로 내려와서 한식을 푸짐하게 먹었다. 점심후 식당 뒤에 있는 노래방에 갔다.

시카고에 30년 넘게 살면서 노래방을 한 번도 가 보지 않은 사람이 있을까. 평소 시간도 없었지만 요즘 유행하는 노래도 잘 모른다. 그렇다고 옛날 유행가도 잘 모르기 때문에 노래방에 가서 시간 보내는 것이 아깝다고 생각했다. 그런 가운데 나이 차이가 있는 고등학교

선후배들이 함께 손을 잡고 노래방에서 목청 높여 학교 교가를 부를 때는 마치 머리를 두 가닥으로 뒤로 묶고 교복을 입은 풋풋한 젊음이 풍기던 그 옛날 여고 시절로 돌아갔다. 잠시 잠깐일지라도 젊음이 다시 찾아온 듯 한참 떠들기 시작했다. 70살이 넘은 선배 언니도 있지만 나이를 가늠할 수 없는 시간이었다. 스트레스가 다 풀렸다.

각박한 이민 생활 속에서 사람들은 나름대로 스트레스 속에서 산다. 남자들은 골프도 치고 술도 마시고 하지만 전형적인 옛날 엄마들은 스트레스 속에 살면서도 그것을 풀 수 있는 환경이 별로 없다. 많은 사람이 노래방에 가는 이유를 이제야 알았다. 시간이 허락하는 대로 가족과 함께 노래를 부르고 웃고 지내는 동안 서로 막혀 있던 마음의 담이 허물어질 것 같다. 노래 목록도 다양해서 <과수원길>을 부를 때는 학창 시절 캠핑 갔을 때 모닥불 피워 놓고 어깨동무하고 목청 높여 노래 부르던 모습이 연상되어 얼굴마저 상기되었다. 내 친구는 "얘! 찬송가도 있어." 하고 나를 놀렸다. 가족이 단란한 것은 누구나 바라지만 저녁 식사도 함께 하지 못하는 바쁜 세상을 살고 있기에 한 달에 한 번 정도 가족과 함께 노래방에서 노래를 부르면서 스트레스를 날려 보내는 것도 좋을 것 같다. 내 주위에 있는 사람들에게 권하고 싶어졌다. 노래방 한 번 갔다 오면 3년은 젊어진다고. 손자 손녀, 할머니 할아버지, 아버지 엄마와 함께 각자가 좋아하는 노래를 부르다 보면 모두가 한통속이 될 것 같다. 손자 손녀는 '나팔꽃도 어울리게~' 하며 신나게 동요를 부르고, 엄마 아빠는 노사연의 <만남>을 부르고, 할머니 할아버지는 <눈물 젖은 두만강>을 부른다 해도 노래방 안에선 나이 구별이 어렵다. 손자 손녀 손잡고 〈꽃밭에서〉를 합창하는 할머니 할아버지도 손자 손녀 또래로 돌아간다. 노래가 지닌 불가사의한 위력이다. 남녀노소 어린이들이 노래를 즐겨 부르며 사는 서양 사람의 지혜 역시 우리와 다를 바 없다. 노래방에선 늙은이가 없다.

# 기분 좋은 하루

　미국 이민 생활 40년. 생활 터전인 시카고에서 33년간 사업하며 아들 둘, 딸 둘을 대학까지 졸업시켜 제 몫을 다 하도록 한 다음, 지금 나는 손주를 8명이나 가진 할머니. 은퇴한 후 하와이에서 살고 있는 지도 6년이 되었다. 사실 그동안 아이들 키우고 사업하느라 나 자신의 삶은 생각하지도 못했다. 이제 은퇴해서 나 자신을 돌아볼 시간이 생겼다. 공부도 하고 운동도 하고 음악(합창)도 하며 그야말로 은퇴의 삶을 즐기고 있다. 그중 미국에서 40년을 살았어도 항상 영어 편지 하나를 제대로 쓰지 못하는 영어 실력 때문에 학교를 다닌다. 올해로 4년째 접어들었다. 이런 나를 보고 존경하는 H 선생님께서 지난 9월 3일 아침, 나의 노후의 삶을 부럽다며 과찬의 글을 보내주셨다. 나는 기분 좋은 마음으로 하루를 시작했다. 그런데 그날 오후 학교에서 재미있는 일이 벌어졌다.

　오후엔 학생들이 그날 나온 신문 기사 중 하나를 선택해 여러 학생

앞에 나가서 발표하는 시간이 있었다. 한 학생이 나와서 제목이 〈A day reflection〉이라는 기사를 가지고 발표했다. 그 기사는 하와이에 있는 진주만(Pearl Harbor)의 미조리 전함 위에서 700명이 넘는 사람이 참석한 가운데 제2차 세계대전 종료일 70주년 기념식 장면이 신문 전면에 나온 것과 1945년 9월 2일 일본의 외무상 Mamoru Shigemitsu가 항복 사인하는 사진이 나와 있었다. 일본의 침략으로 인한 그 충돌의 결과 많은 사람이 죽었으며, 일본의 침략 전쟁의 저항에 대해 승리를 기념하는 군인들의 퍼레이드 장면도 나와 있었다. 미조리 전함의 움푹 들어간 곳에서 1941년 12월 7일 1,177명의 승무원이 살해됐으며, 70년 전 그 당시 1945년 9월 2일 항복 사인을 받을 때 있었던 승무원의 사진도 있었다. 항복 서명한 것이 지금 진주만 박물관에 기념으로 있다는 내용과 전쟁으로 인한 여러 사람의 의견도 함께 나와 있었다. 그 와중에 지금의 아베 수상에 대한 얘기가 나왔다. "아베는 미치광이다.(Abe is a madman.)"라는 말이 나도 모르게 튀어나왔다. 그러자 선생님이 "왜?(Why?)" 하면서 나에게 질문을 하셨다. 시작은 다른 학생이 했는데 끝마무리는 내가 하게 된 셈이었다.

결국 평소 가슴에 담고 있던 말을 했다. 지나온 역사를 어찌 새로 수정할 수 있으며, 지나온 악행을 어찌 선으로 바꾸어서 거짓 역사를 다시 쓸 수 있느냐, 만약 당신의 어린 누이나 언니가 일본군에게 성노예로 끌려가서 매일 몇 십 명을 상대로 동물보다 못한 고통의 삶을 살았다면 당신들은 어떻게 하겠느냐, 죄를 지어 놓고도 그 죄를 정당화하면서 지나온 역사를 부정하는 아베가 정상적인 사람이냐, 사람과 동물의 다른 점은 사람은 양심이 있지만, 동물은 양심이 없다는 것을 당신들은 알고 있지 않느냐, 자, 그러면 아베가 양심이 있다고 생각하느냐, 아니면? 아베는 양심이 없는 동물이나 마찬가지다, 그러므로 나는 아베를 정상적인 인격을 갖춘 사람으로 생각하지 않는다, 미치광이로 생각한다.

독일 민족이 선대가 저지른 유대인을 학살한 죄를 자손 대대로 그 역사를 가르치며 그 죄를 참회하며 보상하고 있는 것을 세계가 다 알고 있지 않느냐, 그래서 독일 민족은 위대한 민족이며 존경받는 민족으로 세계에서 으뜸으로 자리매김을 하고 있다.

나는 크리스천이다, 나는 천국과 지옥이 있다고 믿는다, 과연 아베는 죽어서 천국과 지옥 중 어디를 갈 것인가, 여러분의 생각에 맡긴다.

내가 말을 마치고 나니 교실 분위기는 쥐 죽은 듯이 조용했다. 우리 교실엔 일본 학생도 몇 사람 있었는데 한 국가의 수상을 내가 좀 심하게 말을 한 것 같기도 한 생각이 들었는데 후회하지 않았다. 십 년 묵은 체증이 내려간 듯 오히려 속은 후련했다. 한국 학생도 몇 명 있었는데 그들은 참 잘했다면서 속이 시원하다고 했다. 선생님도 얼마 전 아베가 미국에 와서도 한국 종군 위안부에게 사과하지 않았다는 것을 알고 있다고 했다. 내가 영어를 배우는 이유 중에 하나도 이런 때 내 마음에 있는 얘기를 할 수 있다는 것이 얼마나 감사한지 그날은 시작부터 끝까지 기분 좋은 날이었다.

내가 사는 곳은 한국 사람이 한 사람도 살고 있지 않다. 그래서

로컬 사람 친구가 있고 오키나와 출신의 일본 사람 친구가 몇 명 있는데 나는 일본어를 모르기에 주로 영어로 이야기한다. 모두가 친절하고 예의 바르고 성품도 좋다. 그러나 과거 일본 선조들이 저지른 죄악으로 인해 이 미국에서도 점점 일본 학생이 학교에서 '왕따'를 당하고 있다는 사실을 지난번 뉴저지 펠리쎄이즈 파크에 처음으로 세워진 종군 위안부 기림비로 인해 알게 되었다. 기림비가 세워진 뉴저지를 일본 참의원 5명이 직접 방문해서 일본 학생이 학교에서 왕따를 당하고 있으니 기림비를 철거해 달라고 청원한 적이 있었다.

그 추모비에는 "1930년대부터 1945년까지 제국주의 일본 군대에 의해 납치된 20만 명 이상의 여성과 소녀를 추모하며 위안부로 알려진 그들은 절대로 용납할 수 없는 인권 침해를 감내해야 했다. 참혹한 인권 범죄를 잊어서는 안 된다."라는 내용이 적혀 있었다.

일본 사람이 계속 망신을 당하고 있는 이 미국에서 아베 이야기가 나오면 창피하다고 하는 일본 친구도 있다. 그러나 대부분의 이곳 일본인 2세, 3세들은 아직도 교만이 가득하다. 그러나 대학에 가서 왕따를 당하는 경우가 있는 모양이다. 우리는 이곳에 살면서 우리 아이들이 대학에 가서 왕따를 당하는 일이 없어야겠다. 그러기 위해서 우리 1세들이 착하게 올바르게 살며 행동 하나하나에 우리의 자존심을 잃는 행동은 삼가며 당당하게 이 땅에서 살아야 한다.

아베 때문에 목청을 높이며 오후를 보내고 H 선생님의 나의 노후의 삶이 부럽다는 칭찬을 받은 나는, 9월 3일 하루를 이렇게 끝맺음했다. 앞으로의 바람은 영어를 유창하게 해서 미국인에게 우리의 아

름다운 한글을 가르치고 싶다. 또 한국과 일본의 지난 역사를 알려서
일본의 선조들이 저지른 죄의 대가를 후세에서도 받는다는 것을 일
깨워 주고 싶다. 어떤 이유를 붙여도 과거의 악한 죄가 선으로 바뀌
지는 않는다. 이것은 변하지 않는 진리다.

# 나는 어린아이가 되었다

　은퇴 후 오랜만에 비행기를 탈 일이 생겼다. 첫째 딸의 산후 조리를 해 주러 다른 주에 가기 위해서다. 공항에서 둘째 딸의 배웅을 받고 나니 나도 모르게 어린아이가 되었다. 사업을 하면서 Business Woman으로서 세계 어느 곳이든 두려움 없이 여행하곤 했던 지난날의 그 당당함은 어디로 갔는지 작은딸은 마치 나를 어린아이처럼 보살피고 있다.

　바쁜 이민 생활 속에서도 아이들이 여행할 적엔 공항에 나와서 여행 중에 주의할 사항을 일러주었다. 그래도 안심이 되지 않아 여러 번 당부하며 게이트에 들어가는 것을 보고 돌아오곤 했었다. 둘째 딸은 내가 저희에게 한 것처럼 주의 사항을 얘기해 주고 그것도 안심이 되지 않아 게이트에 들어가는 것을 보고 돌아갔다.

　전문직을 갖고 직장에서도 바삐 살아가는 둘째 딸은 아이 셋을 낳아 키우는 주부인데 아이 셋 중에 나도 하나 끼워 넣어 아이 넷을 키우는 양, 하나에서 열까지 나를 보살폈다. 엄마가 꼭 아이처럼 되어서가 아니라는 것을 나는 알고 있다. 저희를 키우면서 수고한 세월을 알고 있기 때문이다. 이제는 어른이 되어 부모를 보살펴야 하는 것을 알고 있는 딸아이의 부모에 대한 효심이 가슴에 와 닿아 잔잔한 행복을 느끼며 고마움에 가슴 깊은 곳이 조용히 젖어 든다.

내가 아는 권사님 한 분은 아들딸 둘을 모두 전문 직업인으로 잘 키워 안정된 생활을 하고 있다. 둘 다 결혼해서 손자 손녀도 여럿이 있는 다복한 분이다. 은퇴해야 하는 나이도 훨씬 지났는데 아직 은퇴를 못 하고 있다. 조그만 사업체를 운영하던 것도 사업의 운영이 어려워 어쩔 수 없이 사업을 접어야 하는 시점이 되었다. 집을 큰 것을 갖고 있기 때문에 나가는 돈도 만만찮아 걱정하고 있었다. 하루는 아들이 아버지와 어머니를 모시고 은행에 가더니 두 분의 이름으로 은행 계좌를 하나 열어 주었단다. "지금부터는 필요한 모든 것들을 이 계좌를 이용해 사셔요." 그 권사님은 은행 계좌를 열어 주는 아들을 보면서 마음 깊은 곳에서 울음이 나와 참느라고 혼이 났단다. 작든 크든 부모는 자식에게 받는 것이 세상 어느 것과도 비교할 수 없는 기쁨이요 행복 바로 그 자체다. 일생을 바쳐 아이들을 양육하고 성장시켜 훌륭한 사회인으로 살아가게 했지만 나이 들어 자신이 빈 둥지처럼 되어 버린 현실을 안타까워하며 오직 정부가 주는 돈으로 연명하는 부모들도 있기 때문이다.

요즘 시대에 새로운 우스갯소리 중에 "딸이 둘이면 금메달, 아들이 둘이면 목매달"이라는 말이 있다. 나무 십자가는 있어도 '목매달'은

듣지 못했다. 나는 딸 둘 아들 둘을 갖고 있으니 금메달도 목매달도 있는 셈이다. 우스갯소리치곤 의미 있는 말인 것 같다.

딸들은 엄마의 자상한 마음을 헤아릴 줄 아는 반면, 아들은 장가보내고 나면 며느리가 가정을 꾸려 나가다 보니 며느리에 따라 효심도 달라진다. 자식들의 행복한 생활이 우선이므로 부모들에게 소홀히 하는 아들이 있어도 어쩔 수 없는 현실이다.

나는 은퇴 후 둘째 딸이 나를 어린아이 취급하는 것이 그리 싫지 않다. 딸아이는 나에게 엄마가 할 것은 딱 두 가지가 있다고 얘기한다. "건강한(Health) 것과 행복한(Happy) 것." 그리고 다른 것은 딸이 다 알아서 한단다. 얼마나 감사한 일인가. 말만 들어도 마음이 따뜻해지고 행복이 이런 것이구나 하고 마음 한편에서 행복의 여울이 차오르고 퍼짐을 느낄 수 있다. 힘들고 어려웠던 오랜 이민 생활의 보람이 열매 맺어 나를 잔잔히 감동케 하고 있다.

# 나의 결심과 결단

　나는 2016년 5월에 재미 수필가협회의 회원들과 미 중부 인문학 기행을 할 기회가 있었다. 미국 여러 주를 버스로 여행하면서 미국 유명 작가의 생가와 유적지와 박물관과 묘지를 탐방했다.

　노벨 문학상을 받은 작가 중에는 사후가 잘 정리되어 후대의 사람이 찾아가서 그 작가의 과거를 돌아보고 작품을 논하고 의미 있는 시간을 보낼 수 있는 작가가 있는가 하면, 어떤 작가는 그 무덤마저 공동묘지로 무덤에 꽃 한 송이 없이 그 작가의 이름이 새겨진 비석에 많은 사람의 발자국이 나 있는 것을 보니 불쌍하고 가련한 마음이 들었다.

　훌륭한 사람이든 평범한 사람이든, 노벨상을 탄 작가든 평범한 작가든 언젠가는 이 지구를 떠나야 한다. 좋은 집안에서 태어나 유년 시절을 행복하게 보낸 사람, 가난한 부모 밑에서 고생하며 어렵게 자란 사람, 성공한 사람, 실패한 사람, 유명한 사람이 되었든 무명한 사람이 되었든 그 시대를 그 나름대로 세상에서 최선을 다해 살았던 과거를 가진 사람이다. 그러나 죽은 후에 잘 관리되어 있지 못한 무덤을 보면서 많은 것을 깨달았다. 평소에 마음만 먹고 실천에 옮기지 못한 일을 이번 인문학 기행으로 인해 확실히 결정하게 되었다.

나는 아들 둘, 딸 둘을 한국에서 낳아 미국에 데려와 유치원부터 대학까지 공부시켰다. 지금은 다 성장해서 제 나름대로 자신들의 생활을 잘 감당하며 시카고, LA, 하와이에 떨어져 산다. 미국이 넓다 보니 가족이 한 곳에 모여 살지 못하고, 가족이 함께 한 곳에 모이려면 비행기를 타고 움직여야 하므로 비용도 만만찮게 든다. 내가 죽으면 장례를 가족장으로 간단하게 치르고 무덤을 만들지 말며 화장해서 하와이 바다에 뿌려 달라는 유언서를 만들었다.

나는 어렸을 때 바다에서 사고로 아버지를 잃었다. 어쩜 내가 화장을 해서 바다에 뿌려진다면 아버지와도 만날 수 있다는 생각을 한다. 영혼 없는 썩은 몸을 찾아오는 것은 시간과 물질을 낭비하니 아예 무덤은 만들지 말라고 내 아이들에게 유언서에 남겼다. 그리고 신체 부위의 쓸 만한 것이 있으면 남김없이 새로운 생명을 살리는 데 사용하도록 결정도 했다.

아이들이 세상을 살아가면서 죽은 부모 때문에 무덤을 찾아 참배하는 일들로 스트레스를 주고 싶지 않다. 관리가 잘되어 있지 않은 무덤은 더 마음을 아프게 만든다. 생전에 자식을 키우면서 아이들로 인해 가졌던 행복한 순간, 각자 다른 개성으로 말썽 없이 곱게 자라 주어서 고마운 마음, 이제 세상에서 제 몫을 다하며 건강하게 열심히 살아가는 아이들이 대견스럽고 자신의 아이를 낳아 잘 기르는 모습을 보면서 이만하면 내가 복 받은 사람이 아닌가, 하는 생각을 한다. 모든 것이 하나님의 은혜임을 또다시 깨닫게 된다.

내가 죽은 후에 멀리 떨어져 사는 아이들이 죽은 어미 무덤을 찾아오기 위해 시간과 물질을 낭비하는 것을 나는 원치 않는다. 살아생전에 아이들이 부담 갖지 않도록 끈끈한 정을 이어 가면서 가끔 만나기도 하고 가족이라는 울타리를 잊지 않고 살아가는 것으로 만족해야 한다.

이제 내 아들 내 딸이라는 생각보다 한 남자의 아내이고 한 여자의 남편이며 자신이 낳은 아이를 올바르게 키워야 하는 책임을 진 자로서 열심히 살면서 아이들에게 본이 되는 부모로 살아가기를 간절히 바랄 뿐이다.

자식이라고 내 치마폭에 감싸 이 간섭 저 간섭 하며 살아가는 그런 엄마는 되고 싶지 않다. 이제 나의 죽음에 대해 평안한 마음을 가진다. 내가 가진 것 하나하나를 나누며 비우기 작전에 힘을 보탤까 한다. 죽은 부모를 섬기기 위해 내 자식들이 받을 스트레스를, 나는 이번 재미 수필가 회원들과 함께한 미 중부 인문학 기행으로 인해 느끼고, 죽음과 무덤에 대해 평소 가졌던 내 결심을 굳혔다. 이번 여행은 보람 있었고 유익한 여행이었다. 더불어 내 자손이 자유롭게 인생을 펼치며 아름다운 삶을 살아가는 내 분신이 되기를 소망한다.

# 또 하나의 나의 이름

거울을 보다가 평소에 없던 내 아랫입술 왼쪽에 녹두 알 크기의 까만 점을 발견했다. 며칠 지나면 없어지겠지 하며 대수롭지 않게 생각했다. 한 달이 지나고 석 달에 지났는데도 그 까만 점은 없어지지 않고 그대로다. 딸아이는 피부과에 가 보자고 했다. 결국 왼쪽 아랫입술에 생긴 까만 점 때문에 피부과에 갔다. 의사의 진찰은 까만 점의 크기를 자로 재고 자세히 보더니 암은 아닌 것 같고 햇빛으로 인한 것 같으니 SPF(자외선 차단 지수) 농도가 높은 립밤을 바르란다. 그리고 립스틱을 짙게 바르란다. 그런 다음 석 달까지 기다렸다가 그때 한 번 더 진찰을 해 보자고 했다.

평소 햇빛에 대해 그리 신경 쓰지 않았다. 썬불락(sun block) 크림을 얼굴과 팔다리에는 바르고 다녔지만 입술은 생각지도 않았다. 갑자기 생긴 입술의 까만 점 때문에 약국에서 SPF의 수치가 높은 립밤을 찾으니 SPF 15에서 SPF 50까지가 있었다. SPF 50짜리 두 개를 사서 입술에 발랐다. 그런 후 석 달이 지나 피부과에 다시 진찰하러 갔더니 입술의 까만 점은 색도 변하지 않고 커지지도 않고 그대로 있었고 암도 아니니 의사의 말은 그냥 그대로 지내란다.

하와이는 사시사철 햇빛이 강하기 때문에 햇빛으로 인한 피부병이 많고 피부암도 많이 발병하는 곳이다. 입술의 까만 점이 암이 아니라니 다행이다. 얼굴에 기미나 검버섯이 있는 사람은 보아 왔지만 입술에 까만 점이 생긴 사람은 한 번도 보지 못하였기에 참 희한한 일도 있구나 했다. 4살짜리 손녀는 왜 입술에 까만 점이 있느냐고 묻는다. 만약 할머니를 잃어버렸을 때 왼쪽 아랫입술에 까만 점이 있으면 너의 할머니라는 표시라고 했더니 나의 아랫입술의 까만 점을 만지작거렸다.

이번에 나의 왼쪽 아랫입술에 생긴 까만 점 때문에 자외선 차단제에 관심을 가지게 되었다. SPF(Sun Protection Factor)는 자외선 파장이 UVC, UVB, UVA가 있는데 SPF는 UVB를 차단해 주는 수치로 UV-B는 단시간에 피부에 염증(sunburn)을 일으키기도 하며, SPF의 숫자가 1당 15분 ~ 20분가량 자외선을 차단해 주는 것을 알게 되었다.

UVA는 피부의 기미나 잡티, 주름의 원인이 되며 피부의 그을음(Suntan)을 나타내고 피부암(멜라노마)을 유발한다. PA (Protection Factor/ Grade of UVA) 지수는 UV-A를 방지하는 지수이며 PA지수는 일반적으로 +로 표기하게 되는데 +부터 ++++까지로 표시하며 +의 숫자가 많을수록 차단 효과가 큰 것이라고 한다.

햇빛은 우리에게 꼭 필요하지만 한편 그 햇빛으로 인한 여러 가지

질환도 생기는 것이니 평소에 자외선에 대해 미리 알고 대처해 나가는 것이 참 중요하다.

　내 왼쪽 아랫입술에 까만 점이 생긴 지도 1년이 다 되었다. 나는 입술에 생긴 까만 점 때문에 걱정했던 생각을 바꾸기로 했다. 하나님은 여자가 늙으면 검버섯이 생기고 주름이 늘어나고 피부에 탄력도 잃어버려 매력이라곤 찾아볼 수가 없을 때, 이렇게 아랫입술 왼쪽에 보일락 말락 까만 점을 하나 주셔서 나의 매력점으로 삼게 해 주셨다고 생각을 바꾸니 오히려 감사한 마음이 들었다. 이제 이 까만 점은 나의 친구가 됐다고 생각하니 보기 싫지도 않다. 어떤 사람들은 자신을 나타내기 위해 돈을 주고 몸에다 문신하는 세상에 돈 한 푼 들이지 않고 매력점 하나를 가졌으니 얼마나 감사한가. 이제는 입술에 생긴 까만 점을 나의 매력 포인트라고 생각하며 또 하나의 나의 이름 '입술에 까만 점이 있는 여자'를 조용히 불러본다.

# 잊지 못하는 은혜

사람은 어머니 뱃속에서 열 달 동안 은혜를 입는다. 임신 중의 엄마는 아기를 위해 먹고 싶은 음식도 자제하고, 아기에게 좋다는 태교 때문에 몸가짐이나 감정의 흐름까지 절제한다. 아기가 태어난 후에도 온갖 정성을 기울여 양육하고, 교육 뒷바라지를 한다. 어떤 사람은 유학까지, 결혼하고 성인이 되어 사회에 진출하는 과정을 거치기까지 혼자의 힘으로 된 사람은 없다. 그래서 부모의 은혜는 하늘과 바다에 비유된다. 학문의 넓은 세상을 알게 하고, 바른 인성을 길러 주신 스승의 은혜 또한 귀하다

나 역시 지금까지 살아오며 잊을 수 없는 은혜를 입은 사람이 있다. 40년 전 시카고에 이민 와서 동서남북도 구별할 수 없었을 때다. 시카고 북쪽 윌멧이라는 다운타운에 조그만 선물 가게를 열었다. 그 당시 자동차가 한 대뿐이었기 때문에 아침 일찍 남편이 타고 나가면 나는 가게까지 출근하기가 어려웠다. 이런 나의 출근을 석 달 동안이

나 도와준 그 집사를 잊을 수 없다. 그 집사는 세탁소를 하고 있었다. 세탁소의 아침 시간은 하루 중 제일 바쁘다는 것도 한참 후에야 알았다. 그분은 여가의 시간이 아니라 바쁜 시간을 쪼개어 도와주신 것이었다. 자기희생이 따른 은혜다.

또 잊을 수 없는 장로님이 계신다. 한국에서 이민 짐이 온 것을 일주일의 휴가를 내어 트럭을 빌려 아파트 3층까지 손수 운전해 날라 주셨다. 허리의 디스크로 인해 앉는 자세도 약간 삐뚤어 보였다. 미국에서 처음 사업을 시작하니 모르는 것도 많았는데 일일이 당신의 일처럼 도와주셨다. 사람을 불러 공사하면 돈이 많이 든다고 손수 연장을 갖고 오셔서 마치 동기간처럼 실내 공사를 다 해 주셨다. 나는 세월이 흘러 남을 도울 일이 있어도 일주일 휴가를 내어서까지 도와주질 못했다. 그 장로님은 믿는 사람이 어떻게 베풀어야 바르게 사는 것인지 생활에서 보여 주셨다. 정말 존경할 분이었다.

우리 가족은 정월 초하루가 되면 선물을 들고 그 장로님에게 세배를 하러 간다. 피 한 방울 섞이지 않은 사이인데 조건 없이 받은 사랑이다. 나중에 깨달은 것은 보이지 않는 믿음의 열매로 하나님께서 예비해 놓으신 은혜다.

나는 추수 감사절이 오면 은혜를 입은 이웃이나 가까운 분에게 카드와 조그만 선물을 보낸다. 이민 초창기에 도움을 받았던 그 집사님에게는 감사함을 간직하고 있었지만 행동으로 보답하진 못했다. 어느 해 나는 고급 양모 이불 한 채와 두 분에게 맞는 고급 잠옷을 함께 보내 드렸다. 예상하지 않았던 선물을 받고서 너무도 고마워했다.

"별로 한 일도 없는데….." 하시면서. 마음에 담고 있던 감사함의 빚을 조금이라도 갚은 것 같아 나도 기뻤다. 세상은 은혜의 바다이다.

이제는 우리들의 수명이 길어져 더 오래 살게 되니, 은혜 입은 것은 살아가면서 때를 놓치지 않고 성의를 다해 보답하려 한다. 지나온 세월 속에서도 하나하나 기억을 되살려서 조금이라도 은혜를 갚으려고 한다.

그러나 작은 은혜부터 큰 은혜까지 은혜를 갚기는커녕 원수가 된 사람도 있었다. 부모 자식 사이에도 부모의 은혜를 망각하고 부모를 힘들게 하며 부모 가슴을 찢는 배은망덕한 자식도 있다. 처음 이민 와서 직장 구해 주고 아파트 얻어 주고 집안에 우환이 있을 때 눈물로 기도하며 사랑했던 교우가 교회 분열에 앞장서 교우들과 목사님 가슴에 못을 박는 경우도 있었다. 사업이 어려울 때 많은 도움을 받은 사람이 뒤에서 돌팔매질하다 발각되었을 때 도움을 주었던 사람은 실망과 분노를 금치 못한다.

자신이 살아온 결과는 심은 대로 거둔다는 진리를 거역할 수는 없다. 은혜를 많이 주고, 많이 갚아 간다면 그 열매는 풍성한 사랑의 열매로 복이 절로 넘쳐날 것이다.

## chapter 02

양말 입어요

우리의 자녀들은 한국이 모국이기 때문에
꼭 우리의 말과 글을 가르쳐야 한다고 생각한다.
우리의 글과 말을 읽고 말할 수 있다는 것은 곧
우리의 정체성을 안다는 것이고
세계 속에 높아지는 조국의 위상에
함께 편승할 수 있는 계기도 된다.
젊은 엄마들에게 아무리 바빠도 우리의 말과 글을
꼭 가르치라고 당부하고 싶다.
- 본문 중에서

# 봄이 열리는 소리

시카고에서 봄을 맞이하는 것이 벌써 34번째다. 언제나 그랬듯이 겨울과 여름이 길고 봄과 가을이 짧다. 겨울이 지나 봄이 오면 봄 오는 소리에 귀를 기울이게 된다. 아무래도 봄을 알리는 전령사는 새와 꽃이다. 봄을 알리는 꽃은 수선화, 튤립, 히아신스, 개나리, 진달래, 벚꽃, 철쭉, 팬지, 목련 등이 있지만, 맨 처음 봄을 알리는 전령은 복수초(福壽草)다. 눈 속에서 핀다고 해서 '설화도'라고도 한다. 설한풍이 지나가고 차가운 눈 속에서도 생명력을 발휘해 작지만 수수하고 신비스러운 느낌마저 드는 노란색의 복수초는 꽃말도 복을 많이 받고 오래 살라는 뜻으로 행복을 상징하는 대표적인 꽃이라 한다.

"이제 봄이야."

복수초가 눈 속에서 속삭이며 아름다운 미소로 반기면 그때부터 봄이 온 것이다.

그리고 한겨울엔 들리지 않던 새소리가 어느 날 들리기 시작하면 봄을 알리는 선발대의 소리다. 아직 녹지 않은 눈길을 걸으면서 새소리 따라 나도 함께 흉내 내기 시작한다. 추운 겨울엔 어디서 지내고 왔을까. 철 따라 찾아오는 이 봄새들의 소리는 너무 반갑다. 영하의 추위 속으로 폭풍을 뚫고 날아온 작은 새들, 생사를 넘나드는 철새들의 통로를 알고부터 새들이 지저귈 때마다 귀한 손님이 찾아온 것 같아 나도 같은 소리로 화답을 한다.

새들은 망망대해를 건너 대안(對岸)에 닿는 여행을 한다. 이 고난의 여행이 철새들에겐 피할 수 없는 숙명이다. 그것도 올 때와 갈 때, 한 해에 두 번씩이나. 그 망망한 바다를 눈으로 응시하며 떠나야 할 때라고 느껴지면 홀연히 떠나온 것이다. 그들은 바다를 건너야 하는 그 여행의 의미와 고난을 본능적으로 알고 있는 것일까. 그 여행에서는 수많은 새가 죽는다고 한다. 도리 없이 수장(水葬)되기도 하고 많은 천적(天敵)에게 희생되기도 한단다. 때로는 폭풍에 날개깃이 상하거나 먹구름이 덮인 하늘을 지나다가 눈비를 겪을 수도 있다. 더러는 눈부신 아침 햇살을 온몸에 받고 깃털에 묻은 밤이슬을 말리거나 저녁놀에 아름답게 물들어 가는 바다를 바라보며 위안을 받는 때도 있으리라.

이 새들이 겪는 또 다른 고난은 바다를 건널 때의 굶주림이라 한다. 하늘에선 먹이를 구할 수가 없기 때문이다. 어쩌다 육지 위를 지나더라도 땅 위에 내려앉아 쪼아 먹을 벌레가 있을 수 없는 겨울이다. 그래서 새들은 도리 없이 굶는다. 바다 위와 하늘에서 보내는 이런 날들은 며칠 혹은 열흘이 넘도록 계속된다는데 육지에 도착했을 때 살아남은 수효는 반의반도 되지 않고, 몸무게가 절반으로 줄어든 새도 적지 않다는 것이다. 그런 고난의 이주를 끝내고 마침내 새들이 와서 울기 시작하면 그들의 사정을 잘 모르는 우리 인간들은 봄이 왔다고 수선을 피운다.

새들은 노래한다.

"꾸익, 꾸익, 꾸익."

잠든 새들을 깨우는 첫 소리가 새벽을 가르며 들려오자

"트릭, 트릭, 트리릭." 다른 소리가 뒤따르고

"쭉죽 쭉죽." 또 다른 소리가 이어진다. 작은 새들의 노랫소리 같다.

"쪼로로로록, 쪼로로로록."

"워워워워."

"싸르르르."

이번에는 통이 조금 굵은 소리도 가세한다. 이윽고 새소리는 합주로 변한다.

약육강식이 끊임없는 동물의 세계지만 싸움은 없는 듯 소리들은 자못 흥겹고 평화스럽기까지 하다.

"후 우익 후 우익."

그 녀석은 카디날의 소리 같으나 낮에 보면 아직 돌아온 것 같지는 않다.

"퀼릴리리이 퀼릴리리이."

"꽈르르르 꽈르르르."

이름이 무엇인지 모르지만 꽈리 부는 소리를 내는 놈도 끼어든다.

"티티티티."

새소리는 또 늘어난다. 지빠귀 소리다. 새들의 합주는 몇 마리가 하는 음악인지 셀 수 없도록 많이 어우러져서 한창이다. 꼭 악보가 있어서 질서 있게 연주를 하는 것만 같다. 어떤 놈은

"워워 쫑쫑."

"찌르르 찍찍."

"히융 히융 후익."

"워워쫑 쪽쪽쪽."

한 가지 소리만이 아니라 소리를 가지고 굴려도 보고 변화를 부리며 농(弄)하기를 되풀이하는 것 같다. 새들 속에는 어느새 티티새와 찌르레기도 합세해 있다. 이윽고 쇠망치 두드리는 소리를 내는 녀석도 노래를 시작했다. 새들은 나무들 속에 모여 우짖고 있다. 어둠 속에서도 그늘이 웅숭깊은 나무로 모여 들어 노래하는 새들의 지혜도 놀랍다. 시인 서정주 선생은 〈국화 옆에서〉라는 시에서

"봄부터 소쩍새는 그렇게 울었나 보다."라고 노래했다.

지저귀는 새소리로 우리 영혼은 맑아지고 시인들은 아름다운 시를 만들어 세상을 풍요롭게 한다. 이제 아침을 깨우는 새들의 오케스트라와 휘파람새가 노래하면 봄날도 밝아 오겠지. 그 작은 몸에서 어찌 그리 성량이 풍부한 소리가 나오는지 신기하기도 하다.

봄은 엄마의 뱃속처럼 마른 대지에 생명을 잉태하며 산모가 산통

을 거쳐 아기가 태어나듯 씨앗들이 싹을 틔운다. 봄은 생성의 계절. 새들의 합창 소리에 꽃들은 땅속에서부터 저마다 예쁜 색의 옷을 입고 나들이할 준비를 한다.

바야흐로 훈풍이 대지를 쓰다듬는 봄이다.

# 미역국

"엄마, 미역국 어떻게 끓여?"

뉴저지에 사는 둘째 딸한테서 전화가 왔다. 나는 시카고에서 사업이 바빠 미처 뉴저지 딸네 집에 가지 못하고 있었다. 아이를 낳으면 미역국을 먹어야 한다는 것을 아는 딸은 예정일보다 열흘 먼저 아이를 낳은 관계로 아무 마련이 없이 당황해져서 하는 전화였다. 딸의 전화를 받고 콧잔등이 시큰해지며 울컥 눈물이 치밀어 올랐다. 미국에서의 산후 조리는 대개 한국에 있는 친정어머니나 시어머니가 와서 해 주는 경우가 많았다. 그런데 나는 바빠서 딸의 산후 조리를 때에 맞춰 가지 못했다. 딸아이와 사위에게도 미안하고 도대체 사는 것이 무엇인지 한참 동안 가슴이 아려 걷잡을 수 없이 눈물이 흘렀다.

유치원에 다니던 때 데리고 왔던 딸이 미국서 약학 박사가 되고 결혼해서 첫아들을 낳았다. 대견스럽고 고마운 일이다. 그런데 엄마라는 나는 생활에 묶여 엄마 노릇을 제대로 못 하는 현실에 속이 상했다.

40여 년 전 이민 초기에는 내 주위에서 젊은 부부가 함께 일했다. 결혼한 젊은 부부가 아기를 낳았을 때 산후 조리를 해 주는 사람이 없는 경우가 많았다. 미국 병원에서는 미역국을 끓여 주지 않기 때문에 그럴 때 내가 미역국을 큰 통으로 끓여 주면 남편이 와서 가져갔다. 큰 통에다 두 번 정도 끓여 주어 산모에게 먹게 했다. 그러다 보니 어느 때는 한 달에 몇 번씩 미역국을 끓이는 때도 있었다. 산후 조리를 제대로 하지 못해 일생 동안 고생하는 사람들도 보아 왔기 때문에 먼저 온 나로서는 그 일에 사명감을 느끼며 기쁨으로 했었다. 그렇게 주위에서 아기를 낳았을 때 정성을 들여 미역국을 끓여 주기도 했었는데, 막상 내 딸이 아기를 낳았을 때는 직접 미역국을 끓여 주지 못했다. 참으로 아이러니다.

산모는 미역국을 먹어야 젖이 잘 나오고 초유부터 시작해서 모유를 먹은 아이들이 건강하다는 통계가 있다. 그 때문에 누군가 아기를 낳았다는 정보만 있으면 미역국을 끓여 주곤 했다. 미역국을 먹은 산모는 친정엄마가 생각나 울기도 하고 고맙다고 전화했다. 그럴 땐 시간을 내어 산후 조리는 못 해 주어도 미역국은 얼마든지 끓여 줄 테니 마음에 부담 갖지 말고 건강을 우선 생각하여 마음 편히 열심히 먹으라고 일러주었다. 나는 그런 이유로 미역국을 끓이기 시작하면서 또 하나의 이름을 가지게 되었다. 미역국 아줌마다.

항상 일에 묶이어 시간에 쫓기다 보니 많은 양을 빠른 시간에 맛있게 끓이는 법을 알기 위해 혼자서 여러 방법으로 만들었다. 어떻게 하면 미역국을 맛있게 끓일까 하는 생각으로 내 나름대로 터득한 미역국 끓이는 방법을 알게 되었다. 우선 산모가 먹는 미역국은 미역부터 부드럽고 좋은 미역으로 골라 사야 했다. 요즘엔 한국 식품점이 많아서 한국 식품 사기가 어렵지 않고 산모용 미역이 따로 나오기도 하지만, 40년 전 내가 이민 왔을 때는 한국 식품점이 '클락'이란 동네에 한 곳 있을 뿐이었다. 파는 재료도 지금처럼 그리 다양한 편이 못 되었다. 항상 미역은 충분히 사다 놓고 산모의 식성에 따라 끓였다. 그러다 보니 국물을 내는 데도 맛있게 끓이는 방법을 알게 되었다.

　우선 미역을 물에 불릴 때 찬물에 불려야 한다. 한번은 급하게 끓이느라 뜨거운 물에 불렸더니 미역이 떡처럼 되어 내버렸다. 국물은 멸치와 다시마, 양파 큰 것 한 개, 대합 두세 개, 듬성듬성 썬 감자 서너 개를 함께 넣어 끓을 때까지 삶는다. 끓은 다음 건더기는 건져 낸다. 이때 쇠고기를 넣어 끓이는 경우는 국거리용 쇠고기 덩어리를 찬물에 담가서 핏물을 빼고 자른 고기를 체에 밭치고 흐르는 물에 한 번 헹궈 물기를 대충 빼고 조선간장과 청주(맛술), 후추 약간을 넣고 조물조물 무쳐서 30분 정도 둔다. 불린 미역을 먹기 좋은 길이로 썬다. 냄비에 참기름을 두르고 간한 고기를 넣고 볶는다. 고기가 허옇게 반 정도 익기 시작하면 미역을 넣고 함께 볶는다. 고기가 다 익고 미역이 부드러워지면서 미역에서 푸르스름한 즙이 나오기 시작하면 맛국물을 조금씩 부어 가며 미역이 적당히 볶이면 나머지 맛국물을 다 붓는다. 한소끔 끓으면 마늘을 다져 넣고 조선간장으로 간을 맞춘다. 이때 간장을 너무 많이 사용하면 국 색깔이 맑지 못하므로 소금과 조선간장을 적당히 쓴다. 미역국은 조선간장을 써야만 제 맛이 난다는 것도 알게 되었다. 국을 끓이는 냄비나 솥도 두꺼운 것이 좋다. 또 화학 조미료를 쓰지 않기 때문에 맛을 내는 데 양파를 많이 쓴다. 즉 미역을 볶을 때 양파를 얄팍하게 썰어 양파가 흐물흐물해질 때까지 함께 볶는다. 그러면 화학조미료를 쓰지 않아도 맛이 달짝지근해지면서 그윽한 맛이 돌아 입에 붙는다.

미역국은 같이 넣고 끓이는 재료에 따라 맛도 약간씩 다르다. 쇠고기, 홍합, 북어, 새우, 생선 등 다양한 재료를 넣고 끓이는데 산모의 식성에 따라 때로는 아무것도 넣지 않고 들깨 가루를 넣고 끓이는 경우도 있다. 냄비에 물과 다시마를 넣고 센 불에서 끓이다가 끓어오르면 약한 불로 낮추고 다시마는 건져 낸다. 중불에서 달군 냄비에 참기름과 불린 미역과 얄팍하게 썬 양파를 넣고 양파가 완전히 죽처럼 다 익은 다음 들깨 가루를 넣은 후 한소끔 끓인 후 다시마 물을 넣고 조선간장과 소금으로 간을 한 후 약 불에서 은근히 국물이 우러나도록 최소 30분 이상 끓여 주면 더 깊고 구수한 맛이 난다.

나는 부산 태생이 되어 산모들에게 싱싱한 생선인 광어를 넣어 미역국을 끓이는 것을 자주 보았다. 산모는 출혈도 많이 하고 아기를 생산할 때 심신이 많이 지치므로 몸이 회복하는 데는 생선이 더 좋다면서 우리 외할머니는 산모를 위한 미역국을 끓일 때마다 얘기하셨다. 나도 우리 아이들을 낳았을 때 광어를 넣어 끓여 준 미역국을 먹었다. 생선에서 우러나는 담백한 맛은 보통 미역국에서는 맛볼 수 없는 신선하고 뒷맛이 깨끗해 잘 먹었던 것을 기억한다. 생선을 넣고 끓이는 미역국도 생선을 먼저 넣고 끓인 미역국은 국물이 더 시원하고 뒷맛이 깨끗하며, 미역이 끓은 다음에 생선을 넣고 끓인 것은 국물보다 생선이 더 단단하며 생선의 맛이 더 좋다는 것을 알게 되었다. 그리고 생선을 넣고 끓일 때는 생강을 조금 넣어 주면 특이한 생선 냄새를 없앨 수 있다. 홍합을 넣고 끓일 때는 맨 마지막에 넣어 홍합이 익으면 불을 꺼야 한다. 오래 끓이면 홍합이 너무 딱딱해져서 좋지가 않다.

미역이 산모에게 좋은 이유는 미역에 들어 있는 다양한 무기질, 비타민, *끈끈한* 성질의 수용성 섬유질인 알긴산, 요오드가 풍부해서 산후에 늘어난 자궁을 수축시키고 출산으로 인해 소실되었던 혈액을 보충함과 아울러 피를 맑게 하는 유용한 미네랄도 풍부하다. 또한 모유가 잘 나오게 하며 칼슘 역시 출산 후 흥분된 신경을 안정시키고 골격과 치아 형성에도 중요한 역할을 한다. 그러므로 산모의 건강을 위해서도 산후 1달 정도는 미역국을 먹는 것이 좋다. 미역이 분유와 맞먹을 정도로 칼슘 함량이 뛰어나게 많다는 것도 알게 되었다.

어느 한 해는 내 상점 건너편에서 안경점을 하다 LA로 이사 갔던 강 씨 젊은 부부가 중년이 되어 우리 상점엘 왔다. 남자아이 하나를 데리고 와서 아이를 향해 "어서 인사해." 하는 것이었다. 강 씨 부부는 이 아이를 낳았을 때 미역국을 끓여 주셔서 잘 먹었다면서 그때 미역국 먹고 젖이 잘 나와 아이가 이렇게 건강하게 커서 시카고 대학에 입학하게 되어 시카고에 오게 되었다는 것이었다. 그 아이를 마치 내 친 손자인 것처럼 한참 안아 주었다. 미역국 아줌마의 보람이다.

그때는 눈코 뜰 새 없이 바삐 살았어도 미역국 끓이는 일에 게으름을 피울 수가 없었다. 이민 초기이므로 모두가 몸은 이곳에서 고생하고 살며 마음은 고국에다 두고 사는 경우가 많았기 때문이다. 모두가 정이 그리울 때였다. 먼저 이곳에 온 사람으로서 정에 목말라 하는 동포 사회에 조그만 불쏘시개가 되고 싶었다.

미역은 천연 해조류에 들어 있는 각종 비타민이나 미네랄 등의 풍부한 영양소가 들어 있어 산모가 아니더라도 미역국은 훌륭한 음식이다. 지난번 일본의 원전 사고에서 문제가 되었던 방사성 요오드는 몸에 축적되어 갑상선암 등을 일으키는 주원인이 되지만 평소에 미역과 같은 해조류를 많이 섭취할 경우 해조류의 비 방사성 요오드가 미리 방사성 요오드의 축적을 예방하는 것으로 알려져 있다. 지난번 대 지진으로 일본에서 방사성 유출이 심각해졌을 때 미역국이 좋다는 이유로 인기가 있었다. 나는 평소에도 미역국을 좋아하지만 감기 기운이 있을 때 꼭 미역국을 먹는다. 어떤 국보다 속이 편안하고 매운 것을 잘 못 먹는 나는 미역국만 있으면 반찬이 별로 없어도 밥 한 그릇을 비운다. 소화 흡수도 잘 되고 미역에 들어 있는 알긴산은 장 속에 붙어 있는 숙변도 제거해 준다는 학설이 있고 변비를 막아 주기도 하며 다이어트 식품으로도 알려져 있다. 미역국은 우리 여자들에게 사랑받는 국 중의 하나임이 틀림없다.

나는 이제 오랜만에 또 정성 들여 미역국 끓일 일이 생겼다. 하와이에 사는 큰딸이 둘째를 가져서 9월이면 손녀딸이 탄생하기 때문이다. 그동안 사업을 하며 바삐 살면서 친정엄마 노릇 제대로 하지 못하고 살았으나, 은퇴한 이제는 마음의 여유를 갖고 못다 한 엄마의 역할을 제대로 하기 위해 하와이로 곧 떠날 것이다.

'엄마가 간다, 할머니가 간다, 미역국 끓이려고 간다, 조금만 기다려라.'

하와이를 향해 지금 속으로 외치고 있다. 새로 태어날 손녀딸을 생각하며.

# 양말 입어요

"학교 가야지, 어서 와서 아침 먹어라."

"네, 나 지금 양말 입어요."

아침마다 엄마와 초등학교 3학년인 둘째 딸과의 대화다. 미국 학교에 다니다 보니 옷을 입는다는 말과 양말이나 신발을 신는다는 말을 모두 '입는다(wear)'라고 한다. 아들 둘, 딸 둘 중에 막내딸인 에이미(Amy)는 다른 아이에 비해 매사에 꼼꼼해서 행동이 빠르지 못했다. 나는 토요일에도 일했기 때문에 내 아이들을 주말에 한글을 가르치는 한국 학교에 보낼 수가 없었다. 내가 미국 생활을 하면서 후회되는 일 중 하나가 아이들에게 한국어와 한글을 충분히 가르치지 못한 것이다.

피아노, 첼로, 바이올린, 플루트 등 악기 연주와 골프, 테니스, 태권도, 유도 등의 운동은 열심히 가르치면서 정작 우리말과 글을 가르치는 데는 소홀했다. 그것이 두고두고 후회된다. 내 주위에는 미국에서 나서 자란 아이가 있는데 우리말도 잘하고 한글도 잘 읽는 걸 보면 얼마나 부러운지, 그 아이의 엄마에게 칭찬을 아끼지 않는다.

이제 우리 아이들은 다 장성했고 결혼해서, 내게는 손자 손녀도 있다. 내가 못 가르친 한글 공부와 한국말을 아이들에게 가르치도록 내 자식에게 권하고 있다.

내가 미국에 올 때만 해도 영어가 우선이었다. 지금은 한국의 위상이 높아졌고, 한류(韓流)라는 이름으로 한국에 대한 관심이 온 세계에서 점점 높아지고 있다. 이제는 세계가 한 식구 되는 시대가 왔다. 영어 하나만으론 부족한 시대가 점점 오고 있다. 스페인어도 알아야 하고 중국어도 알아야 하는 시대다. 영어만 하면 미국에서 대학까지 나와 미국 회사에서 직장을 가지고 사는 것은 별 지장이 없다. 그러나 세계를 향한 꿈을 가지고 있는 사람은 영어 외에도 몇 개국 언어는 할 줄 알아야 하는 게 보편화됐다.

미국의 한국계 회사에서 직원 채용 때 들은 이야기이다. 한국계 사람으로서 실력도 갖추고 있고 영어도 유창한데 취직 시험에서 떨어졌다. 그 이유는 영어 잘하는 사람이라면 미국 사람을 뽑지 한국 사람을 뽑지 않는다는 것이었다. 그 응시자는 한국말도 잘 못 했지만 한글도 읽을 줄 모르는 사람이었단다. 이제 세계는 좁아 각 분야에서 필요한 사람을 뽑을 때는 영어 외에 다른 나라 말과 글을 한다는 것 자체가 본인에게 커다란 신용이 되는 것을 깨달아야 한다.

우리의 자녀들은 한국이 모국이기 때문에 꼭 우리의 말과 글을 가르쳐야 한다고 생각한다. 우리의 글과 말을 읽고 말할 수 있다는 것은 곧 우리의 정체성을 안다는 것이고 세계 속에 높아지는 조국의 위상에 함께 편승할 수 있는 계기도 된다. 젊은 엄마들에게 아무리 바빠도 우리의 말과 글을 꼭 가르치라고 당부하고 싶다.

"양말 입어요." 하던 내 딸이 이제 아이 엄마가 되었다. 한국말을 가르쳐야 한다는 내 강권에 손자를 한국 학교에 보내고 있다. 말을 겨우 배울 때 '할머니'라고 가르치면 '할' 자는 빼고 "머니"라고 부른다. 그럴 때마다 짓궂은 삼촌은 "머니는 돈이야, 할머니라고 해." 하고 따라다니며 고쳐 주어도 계속 "머니"다. '할' 자 발음이 어려운가 보다. 언젠가는 내가 한국어로 한국 전래 동화도 들려주고, 한글로 편지도 주고받는 손자와 할머니가 되는 날을 꿈꾸어 본다.

# 레인보우샤워트리

나는 레인보우샤워트리 꽃길을 걷고 있다. 해마다 오월이 되면 예쁜 꽃망울이 서서히 터지기 시작해서 유월에서 팔월까지 만개를 한다. 9월이 되면 어느덧 꽃잎이 떨어지기 시작해서 10월이 되면 몇 줄기에만 꽃이 남아 있다. 대부분의 꽃은 지는 모습이 예쁘지가 않지만 레인보우샤워트리는 꽃이 지는 모습도 흉하지 않다. 11월이 되면 꽃은 다 떨어지고 푸른색 잎만 무성하게 남아 여전히 싱싱하게 서 있다. 레인보우샤워트리는 크기가 큰 것은 40피트가 넘는 것도 있으며, 여러 가지 종류가 있고 다양한 색상을 가지고 있으며 열대 지역의 공원과 거리에서 흔히 볼 수 있는 나무다.

하와이에서 가로수나 공원에서 흔히 볼 수 있는 이 레인보우샤워트리는 잎사귀가 그리 크지 않은 약간 타원형의 모양이 나뭇잎에서 가느다란 줄기를 기다랗게 드리운다. 그 줄기에 꽃망울이 길게 늘어져서 진분홍색, 연분홍색, 노란색, 연노란색, 하얀색에 가까운 아이

보리색 등 아름다운 작은 꽃이 핀다. 마치 샤워할 때 샤워기에서 뿜어 내려오는 물줄기처럼 꽃들은 가느다란 줄기에 대롱대롱 매달려서 금방 아래로 떨어질 것 같다. 멀리서 보면 무지개를 연상하듯이 계절에 따라 색을 바꾸기 때문에 레인보우샤워트리라는 아름다운 이름을 가지게 된 모양이다.

나는 이 꽃나무 가로수 밑을 거닐 때면 결혼식을 끝내고 신랑의 팔을 끼고 세상을 향해 첫 발걸음을 내디딜 때 꼬마 아동이 뿌려 주는 꽃길을 걷는 환상에 빠질 때도 있다. 바람이 살랑살랑 부는 날은 꽃잎이 바람에 날려 꽃 샤워를 하는 것 같다. 레인보우샤워트리가 하와이 호놀룰루시의 꽃으로 지정되었으며 원산지는 인도이고, 꽃말은 '가련함'이라는 것도 알게 되었다. 또 하와이에 최초로 레인보우샤워트리가 심어신 곳이 호놀룰루에 있는 카피올라니 공원의 분수 바로 옆이다. 일본 천왕인 헤세이가 황태자 시절에 하와이를 방문했을 때 심은 것이 50년이 넘었다는 것도 알게 되었다.

요즘은 이 하와이도 겨울을 재촉하는 비가 연일 계속 내리고 있다. 이곳의 겨울은 기온이 낮지 않아 바닷가에서 수영을 한다. 그런데 레인보우샤워트리는 비가 오니 가지에 남아 있는 꽃들이 땅에 떨어져 마지막으로 아름다운 꽃길을 만든다. 우리 동네 가로수도 레인보우샤워트리다. 내가 가끔 거니는 공원길도 레인보우샤워트리가 많다. 오늘 아침 나는 레인보우샤워트리 꽃길을 걷다가 꽃 한 줄을 따 책갈피에 넣으며 몇 줄기 대롱대롱 매달려서 마지막 남은 시간을 보내고 있는 레인보우샤워트리 꽃들에게 말을 걸었다. "안녕!" 하고 인

사를 했다

나는 너에게 아무것도 준 것이 없는데 너는 나에게 너무도 많은 것을 주었다. 너의 아름다움에 감탄할 때마다 기쁨을 주었고, 너의 활짝 핀 아름다운 모습을 보는 내 마음은 때묻지 않은 순수함 그 자체였기에 마음이 평안했단다. 내 마음속에 남아 있는 어떤 찌꺼기도 너를 볼 때마다 다 날려 보낼 수 있었단다. 고맙다, 레인보우샤워트리야. 이제 새로운 날을 위해 푸른 잎사귀에 숨어 자연에 순응하며 마지막을 장식하는 그 모습이 너무도 예쁘다. 내년 오월이 오면 어김없이 나를 찾아오겠지.

혼잣말로 중얼거리며 레인보우샤워트리와 작별 인사를 하면서 나무 밑을 한참 동안 떠나지 못하고 있다.

레인보우샤워트리야! 너와의 사랑의 속삭임, 아름답고 귀여운 너의 꽃망울을 잊지 않을게. 사랑한다. 너를 그리워하며 기다리겠다. 다시 만날 때까지 안녕….

나도 언젠가는 이 세상을 떠날 때 레인보우샤워트리처럼 누군가가 내가 살아온 삶에 대해 참으로 아름다운 삶을 살다 간 분이다. 또는 내 삶의 그늘에서 아픔과 슬픔을 견뎌 내고 새로운 삶의 방향을 잡아 힘든 세상을 잘 견디면서 성공의 가도를 걸었다는 사람이라고 기억해 주는 사람 하나만 있어도 나는 기쁨으로 이 세상을 떠날 수 있을 것이다. 말없이 서 있는 저 레인보우샤워트리를 닮고 싶다.

# 무역 전쟁

나는 1977년 4월에 미국의 시카고에 이민 왔다. 한국에서 약사로서 약국을 11년 경영한 경험 말고는 다른 사회적인 경험이 없었다. 시카고 교외 지역에 조그만 선물 상점을 내어 일 년을 경영하면서 많은 시행착오를 겪었다. 그 결과 미국에서 살아가는 데 지혜를 조금은 터득했다. 이듬해 한인들이 많이 사는 한인 타운으로 상점을 이전하면서 사업은 점점 호황을 맞았다. 한인 타운에서 시작했던 사천 스퀘어피트의 상점은 5년 정도 지났을 무렵 집 앞에 있는 지하 만 스퀘어피트, 지상 만 스퀘어피트의 월그린 건물을 사서 번듯한 내 건물에 백화점 간판을 달고 한국과의 본격적인 무역을 시작했다.

나는 그때 한국에서 인기 있는 여러 가지 상품을 수입했고 한국 사람이 좋아하는 세계적인 인기 브랜드의 유명 상품에 정식으로 어카운트를 소유했다. 그 당시 한국 정부에서 해외여행을 허가해 관광객들이 쏟아져 들어왔다. 때로는 정부 차원에서 세계적인 컨퍼런스가 시카고에서 열려 많은 한국 사람이 왔었다. 자동으로 그분들이 한국으로 돌아갈 때 선물은 우리 백화점에서 샀다.

시카고엔 세계적인 멕콜믹 플레이스라는 컨벤션센터가 있다. 이곳에서 일 년에 한 번씩 세계적인 상품 쇼가 열리는데 그 크기가 너무도 방대해서 하루에 다 참관하기가 어렵다. 미국 내에 있는 큰 사업체는 물론이고 세계 각국에서 많은 업체가 자신들의 상품을 팔기 위해 자사의 상품을 가지고 참가한다.

해외에서 온 회사는 한군데 모아 전시하는 국제관이 따로 마련되어 있다. 삼성과 엘지가 따로 매장을 갖고 미국과 일본의 큰 회사들과 나란히 상품을 전시한 것을 볼 때, 마치 친정식구를 만난 것처럼 기뻤다. 내 본능 깊숙이 미국에 아무리 오래 살아도 나는 한국 사람이라는 것을 느끼기 때문일 것이다.

나는 구매자 명찰을 달고 전시장을 돈다. 자사의 카탈로그를 주며 상품을 선전하기에 전시장 한 바퀴를 돌면 손에 들기가 힘들 정도다. 주로 새로 나오는 신제품들은 경쟁 업체들끼리 정보를 알기 위해 애쓰며 상대방 업체에 카탈로그 유출을 꺼리기에 꼭 명찰을 확인하고 준다.

또 한국의 중소기업들은 시카고 무역관을 통하여 일 년 전에 등록해서 상품을 진열하는 장소를 배정받는다. 때로는 너무 한적한 곳에 배정이 되어 한국 전시장을 찾는 데 애를 먹기도 한다. 막상 찾은 내 조국의 업체들이 반갑기는 해도 내 나라의 국력이 이 정도인가 하고 마음 아파한 적도 있다.

나는 해마다 있는 이 전시회에 참가했다. 외국에서 온 여러 나라의 상품을 보면서 묘한 마음이 들기 시작했다. 영국을 비롯한 여러 유럽 국가들과 중국과 대만도 참석했는데 해마다 중국은 회사의 숫자가 많아지고 상품도 다양하며 가격이 미국 회사보다 아주 싸다는 것을 알게 되었다. 나 역시 중국 제품을 한두 번 샀는데 제품의 질은 좋지 않았다. 언젠가는 제품에 문제가 생겨 클레임을 걸었는데 그 회사와 연락이 끊기어 손해를 본 적도 있었다.

그러나 해를 거듭할수록 중국 회사들 제품의 품질이 나아졌다. 국 제관의 삼분의 일 정도가 되도록 많은 회사가 참여했다. 그때 생각으로는 중국 정부에서 대대적으로 해외 상품 전시에 참여하는 업체들을 도와주는 느낌을 받았다. 항상 쇼를 관람하고 상품을 주문하고 돌아오는 과정에서 나는 이러다가 중국 상품이 미국을 뒤덮어버리겠다고 생각을 했다. 미국은 왜 이렇게 중국을 키워 주고 있는가. 마음 한구석에 걱정의 뿌리가 생겼다.

트럼프가 미국 대통령이 되며 걱정하던 그 뿌리가 현실이 되어 드디어 미국과 중국의 무역 전쟁이 시작됐다. 미국 사람들은 아침에 일어나 중국제 슬리퍼를 신고 하루를 시작하고, 저녁에 잠자리에 들 때 중국제 잠옷을 입고 잔다는 말이 생겼다. 중국 제품의 사용은 일상이 되었다. 미국의 대형 마트인 월마트나 타겟 등의 일반 대중들이 즐겨 찾는 마트의 상품들 대부분이 중국제임을 보게 된다. 결국 미국과 중국의 무역은 불균형을 이루어 미국은 연간 아주 큰 적자를 가져오고 있다.

중국의 경제 성장은 미국의 득을 본 것이 사실이고 많이 커진 상태이지만 중국과의 무역 전쟁에 미국이 질 리는 없다. 여기에 북한의 핵 문제도 끼어 있어 아주 복잡하지만 방대하게 커진 중국을 어떻게 길들이며 무릎을 꿇게 할 것인가에 대해 우리는 주목하며 미국이 이기도록 모든 정책이 수립되어 승리하기를 기원할 뿐이다.

　내가 걱정했던 먼 훗날이 미국의 현실이 되어 뉴스에 귀를 기울이는 오늘이 되었다.

# 발리와 로렌스와 미시가

가족처럼 정들이며 살던 애완동물이 있었다. '발리'는 새, '로렌스'는 고양이, '미시가'는 진돗개 이름이다. 발리는 우리 아이들이 미국에 왔을 때 만났다. 여름방학에 가족이 테니스 레슨을 받았는데 테니스 코치가 기르던 새를 우리 아이들에게 선물로 주었다. 테니스 시합을 할 때 라켓을 왼쪽에서 받아 칠 때 발리라고 하는데, 코치가 새에게 지어 준 이름이다.

그 새가 우리 집으로 온 후 가족의 사랑을 독차지하면서 기쁨을 주었다. 몸 전체가 새하얀 깃털이며 크기가 중간 크기의 닭 정도로 귀엽게 생겼다. 아이들이 학교에 다녀오면 물도 주고 모이도 주며 새장의 새와 노는 것을 즐겼다. 나 역시 직장에서 돌아오면 새장 앞에 가서 "발리야, 오늘 잘 놀았니?" 하면서 막내를 챙기는 것처럼 말을 걸었다.

이듬해 5월 중순쯤, 쏟아지는 햇빛은 부드럽고 바람마저 완연한 초여름이었다. 발리를 밖으로 내놓아 햇빛을 받게 해 주고 싶었다. 앞 정원에 발리가 든 새장을 내놓고 직장에 갔다. 아이들이 학교에서 돌아온 후 발리가 어디 갔느냐고 전화가 왔다. 새장 문이 열려 있고, 새장 밖에 피 묻은 발리의 깃털이 몇 개 떨어져 있단다. 어떤 동물이 와서 물고 갔나 보다.

이 일을 어쩌면 좋을까. 잠깐의 부주의로 예쁘게 기르던 발리를 다른 짐승에게 물려 가게 한 것이다. 발리가 없어짐으로 가족이 슬픔에 싸였다. 발리가 불쌍해서 눈물을 흘렸고, 오랫동안 집 안 분위기는 침울했다.

그해 8월 몹시 더운 날이었다. 로렌스에서 일할 때다. 더워 상점 뒷문을 열어 놓고 있었는데 고양이 한 마리가 들어왔다. 굶었는지 병든 것처럼 털도 고르지 못했다. 한쪽 구석에 누워서 잠을 자는데 배가 홀쭉하게 들어간 게 살이 없어 보였다. 불쌍해서 고양이 밥을 사서 먹여야겠는데 상점 주위엔 고양이 밥 파는 데가 없었다. 어쩔 수 없이 얇게 썬 치즈를 한 묶음 사서 우선 한 장을 조금씩 뜯어서 주었다. 금방 한 장을 다 먹고 물도 먹더니 또 정신없이 자는 것이었다. 아이들에게 고양이가 상점에 들어와서 나가질 않는다고 하니까 둘째 딸이 집에 꼭 데리고 오라고 성화다.

고양이를 상자에 넣어 집에 가져가니 딸이 너무 좋아했다. 목욕을 시키고 고양이 집을 만들고 야단이다. 다음 날 도서관에 가서 고양이에 관한 책을 잔뜩 가지고 와서 읽기 시작했다. 그런데 고양이의 이름을 모른다. 아이들이 로렌스에서 주웠다고 로렌스로 하잖다. 그래서 우리 집에 로렌스가 들어오게 되었다.

정이 들었던 발리를 잃고 마음에 상처가 있던 아이들이 로렌스에게 정을 붙이기 시작했다. 발리 때문에 가지고 있던 슬픈 생각을 점점 잊어 가고 있었다.

로렌스는 정이 가도록 애교가 많았다. 소파에 앉으면 어느새 와서 가슴에 안겼다. 우리 가족들의 하루 피로를 풀어 주며 인기를 독차지했다. 둘째 딸 아이가 시집갈 때 뉴저지까지 데리고 갔다. 몇 년을 잘 키웠는데 로렌스가 암에 걸려 시카고 집으로 다시 왔다. 로렌스는 결국 우리 식구들 있는 데서 죽었다. 눈물로 장례를 치르고 우리 집 정원의 체리나무 밑에 묻고는 그 무덤 위에 꽃밭을 만들어 주었다.

미시가는 큰아들이 개를 너무 좋아해 LA에서 가지고 온 어린 진돗개다. 미시가란 이름의 뜻은 러시아 말로 '호랑이'라는 뜻이다. 털이 아마 빛으로 고왔고 영리하고 건강했다. 잘못을 저질렀을 때 야단을 치면 벌써 알고 모른 체 고개를 숙이고 딴전을 부린다. 큰아들은 미시가를 너무 좋아해서 자기 방에서 함께 잔다. 자기를 좋아하는 사람도 알고 싫어하는 사람도 안다. 한번은 미시가가 집 밖으로 나가 온 동네를 헤매며 찾아다니기도 했다. 뒷다리를 다쳐 밤에 동물 병원 응급실에 들어가 큰돈을 까먹기도 했다. 결국은 로렌스의 자리를 미시가가 차지했다.

아침 출근길엔 "미시가야, 엄마, 가게 갔다 올게." 하면 벌써 자기 집으로 들어간다. 그런 미시가가 우리와 13년을 함께 살고 작년 10월에 죽었다. 아들과 나는 로렌스 묻힌 곳에 미시가도 묻었다. 시간이 없어 함께 많이 놀아 주지도 못한 미안함에 땅에 묻으면서 소리 내어 울었다. 이제는 다시 동물은 안 기르겠다고 다짐했다. 나는 동물보다 꽃을 더 좋아했지만, 언제나 거짓 없고 사랑해 주는 대로 따르는 동물들이 때로 속이고 탐욕 부리고 배반하는 야비한 인간보다 아름다운 추억을 남긴다.

정이 들었던 동물들이 죽어 내 곁을 떠나고 나면 그 아픈 마음을 추스르는 데 시간이 많이 필요했다.

오늘은 봄날, 텃밭을 일구다가 잠시 체리나무 밑에서 너희들이 생각나 엄마가 눈물이 난다. 발리야, 로렌스야, 미시가야, 잘 자고 있지?

# 생일 파티

며칠 전에 외손녀 생일 파티가 있었다. 이름 있는 피자집에서 파티를 하고 <해피 버스데이 투 유> 노래도 부르고 케이크도 잘랐다. 그런 후에 간 곳이 아이들이 좋아한다는 'ESKAFE'라는 곳이었다. 그곳은 어른들과 아이들이 함께 노는 장소다. 볼링장이 있어 어른들은 볼링도 하고 아이들은 자기들이 좋아하는 게임도 한다. 프라이빗 룸이라는 곳에서는 갑옷처럼 생긴 조끼를 입고 전자총을 쐈다. 가슴에선 불이 계속 빤짝거리는데 전자총을 가지고 쏘게 되면 한 포인트씩 점수가 올라간다. 즉 전쟁놀이다. 적을 얼마나 죽였는지 전자총에 의해 기록이 정확히 나온다.

꽤 넓은 실내는 밤처럼 깜깜하고 가끔 별처럼 반짝이는 빛이 반사되고 음악은 정신없이 시끄럽다. 적의 앞가슴에서 번쩍이는 불빛을 향해 전자총을 쏘게 되면 그 빤짝이던 빨강 불빛이 노란색으로 변한다. 적중한 것이다. 아이들은 자기들 세상을 만난 양 얼마나 신나게 돌아다니는지 한동안 나는 정신을 차릴 수가 없었다. 3살이 안 된 손녀딸은 갑옷을 입을 나이가 되지 않아 그냥 언니 오빠 뒤를 쫓아다니는 데도 신이 났다. 친할머니와 할아버지도 아이들과 총을 쏘며 손자 손녀들과 함께 아이가 되어 신나게 놀아 주고 있다.

내 자식이 어릴 때 생일잔치할 때는 또래의 아이들을 집에 초대했다. 머리엔 고깔모자를 쓰고, 아이들이 좋아하는 케이크와 생일에 초대된 친구들에게 줄 선물도 준비했다. 촛불을 켜고 <해피 버스데 이투 유> 노래도 부르고 재미있게 놀다 가곤 했다.

우리의 생일잔치는 집에서 엄마가 끓여 주는 미역국이 생일잔치를 대신했다. 이제 세상은 변해 미역국 끓여 주던 생일밥은 어느새 퇴색되고 최신 전자 기계들이 아이들 생일잔치에 주인공이 되어 버렸다. 급변하는 세상에 할머니 할아버지도 변하지 않으면 손자 손녀 생일 잔치도 제대로 해 줄 수가 없는 시대가 되었다. 손자 손녀들의 눈높이를 생각해서 따라하려니 체력이 뒷받침이 안 된다. 그래서 손자 손녀의 인기를 얻으려면 더 건강해져야 한다. 힘이 들고 숨이 차도 사랑의 엔도르핀이 흐르므로 더 건강해진다.

눈에 넣어도 아프지 않은 내 새끼들이기 때문이다.

# 선물 에티켓

　사람은 누구나 선물 받기를 좋아한다. 세상에 태어나서부터 죽을 때까지 작은 것이든 큰 것이든 선물을 받았을 땐 기쁘고 고마운 마음을 갖게 된다. 선물의 종류도 다양하다. 아기가 태어나 맨 먼저 받는 탄생 축하 선물이 있고, 백일, 돌, 두 돌 지나면서 생일선물로 부른다. 나이 들면 환갑, 진갑 잔치와 더불어 선물도 받게 된다. 요즘엔 수명이 길어져서 환갑잔치는 생략하는 경향이 많다. 성인이 되면 약혼, 결혼 선물이 있다. 초등학교 입학부터 대학, 대학원 입학까지 입학 축하 선물을 받고 또 졸업 때도 선물을 받는다. 교회에선 목사 안수, 집사 안수, 장로 장립 때도 선물을 받으며 직장에서의 승진 때도 선물을 받게 된다. 밸런타인데이, 부활절, 어린이날, 스승의 날, 추수 감사절, 크리스마스, 절기에도 선물을 주기도 하고 받기도 한다. 개업 축하, 학위 취득 축하 등등 선물의 종류도 다양하다.

　한번은 밸런타인데이 저녁때다. 백화점에 30대 중반쯤 되어 보이는 남자 손님이 왔다. 화장품 한 세트를 사고선 예쁘게 포장을 해 달라고 했다. 아내에게 줄 선물이라고 했다. 백화점을 하면서 대부분 이민 초기 한인은 밸런타인데이 선물에 대해 그리 신경을 쓰지 않는데 정말 멋진 남편이라고 칭찬을 했더니 그 손님이 말했다.

"나는 단지 살아남으려고 이럽니다. 이러지 않고도 살아남을 수 있습니까?"

장난기 어린 말에 아내 사랑하는 것이 눈에 보였다. 흐뭇하고 아름다웠다. 해마다 밸런타인데이면 기억에서 슬그머니 나와 나를 웃게 만든다.

또 선물에 얽힌 사연은 7월에 33살 생일을 맞는 아내를 위해 7월 탄생석(Birthstone)인 루비 목걸이를 산 손님이 있었다. 앞부분에 제법 큰 크기의 루비와 주위엔 작은 루비와 다이아몬드로 디자인 된 값이 꽤 나가는 예쁜 목걸이였다. 루비의 뜻은 영원한 생명과 열정이다. 루비 목걸이와 33송이의 장미꽃과 예쁜 카드와 함께 선물했단다. 선물을 장만하는 남편도 행복해 보였고 그 아내는 얼마나 행복할까 하고 부러워했다. 그런 후 한 달쯤 지났을 때 그 손님이 우리 백화점에 다시 왔다. 아내가 얼마나 기뻐하더냐고 물었다. 다시는 선물을 하지 않겠다고 했다. 이유는 33송이의 장미꽃을 받은 아내는 아래위의 아파트로 다니면서 장미꽃 나눠 주기에 바빠 남편의 깊은 뜻을 헤아리지 못하고 남편을 쓸쓸하게 만들었다. 이런 모습을 보면서 선물을 하는 사람의 마음을 헤아리는 것도 아주 중요하다는 것을 알게 되었다.

나는 남편이 1960년대 미국 유학 중에 윈클러라는 미국 부부에게 선물했던 조그만 자개 화병을, 14년이 지나 미국에 이민 와서 다시 그분들을 만났을 때 무슨 보물 모시듯이 가지고 있었던 것을 보았다. 1960년대 제품으로 지금 보면 보기가 민망할 정도로 초라하고 형편 없었다. 그 후 고급으로 좋은 자개 화병을 선물했더니 너무 좋아하던 모습의 기억을 지울 수 없다.

또 크리스마스 때 아이의 초등학교 선생님들께 조그만 선물을 하는 것이 이곳 풍습인데, 한 선생님은 선물을 드리면 "어떻게 내가 이게 필요한 것을 알았니?" 하면서 선물을 할 때마다 선물 주는 사람의 마음을 기쁘게 해 주었다. 물론 마음에 안 드는 선물이라도 선물을 받을 때의 에티켓임을 알게 되었다.

크리스마스나 연말연시에 선물을 서로 주고받을 때 그 사람의 인격도 알게 된다. 마음에 들지 않는 조그만 선물을 받아도 감사할 줄 아는 사람이 있는가 하면 오히려 "나는 이런 것이 필요 없는 사람인데." 하면서 선물 주는 사람을 민망하게 만드는 사람도 가끔 있다. 선물 받았을 때의 태도에서 인간 됨됨이도 알 수 있다.

우리는 세상을 살아가면서 많은 선물을 주고받는다. 동물들 세계에서는 볼 수 없는 우리 인간들만이 가지는 정겨운 풍습이다. 작은 선물이든 큰 선물이든 선물을 받았을 때 주는 사람의 정성을 헤아리고 감사를 표시하는 최소한도의 에티켓은 알아야 할 것 같다.

내가 선물을 줄 때도 아무리 작은 선물이라도 정성을 담아 선물을 주도록 하자. 미국에서 오래 산 우리들은 미국 사람들의 좋은 본을 배우자. 아무리 하찮은 선물이라도 선물을 받았을 때 "Thank you."
하며 좋아하며 웃는 모습은 참 보기가 좋고 선물을 주는 사람 역시
기분이 좋아지니 말이다. 선물을 받았을 때도 주는 사람의 성의를
생각하는 마음을 갖는 것은 선물의 에티켓이다.

# 시카고의 첫 겨울

시카고의 첫 겨울은 참으로 추웠다. 숨을 뿜어내면 하얀 연기처럼 입김이 금방 서린다. 잠깐 밖에 나갔다가 와도 귀가 떨어져 나갈 것만 같고, 얼굴이 빨갛게 얼고, 숨이 막혔다. 눈은 한번 왔다 하면 교통이 마비될 정도다. 여러 불편을 주기에 맑고 하얀 눈들이 천대를 받는다.

40년 전 시카고에 이민을 와서 별다른 준비 없이 첫 겨울을 맞았다. 눈을 보고 아이들과 환호성을 치며 집 앞 잔디밭에 쌓인 눈으로 식구 수대로 눈사람을 만들었다. 눈사람에다 각자의 이름표를 달고 손뼉 치며 좋아했었다. 그런데 그 눈이 이삼 일 계속 오니 생활이 완전히 마비가 됐다.

아이들 학교가 휴교하고, 거리에 눈은 도로 중앙에 산처럼 쌓아 놓아 자동차가 다닐 수가 없었다. 집 밖 뒤안길엔 청소차가 오지 못해 쓰레기들이 쌓였다. 눈이 많이 오는 도시라 시에서 제설 작업을 위해 만반의 준비를 했는데도 미처 손을 쓸 수 없어 곳곳에서 주민들의 불평이 쏟아졌다.

퇴근하기 위해 자동차를 움직여야 하는데 자동차 바퀴가 눈에 걸려 오도 가도 못했다. 눈을 퍼내는 삽도 없고 눈을 녹일 수 있는 소금도 없었다. 아무 준비 없이 맞이한 시카고의 첫 겨울은 이렇게 시작했다. 동네를 다니며 삽을 빌려 한 시간이 넘게 땀 흘리며 눈과 씨름을 한 후 겨우 차를 뺐다. 거북이걸음으로 집으로 왔다. 긴급 도움의 요청으로 캐나다에서 제설차가 왔다. 그렇게 예쁘고 좋다고만 하던 눈이 주책없이 며칠 계속 오니 골칫덩어리가 됐다.

눈이 좀 뜸하다 했더니 이젠 수은주가 화씨 −23이라는 톱뉴스 기사가 연일 신문과 TV를 장식했다. 동사한 사람들의 뉴스도 나왔다. 시카고에 혹한이 와서 사람들이 얼어 죽었다는 뉴스를 보고 걱정이 되어 한국에서 가족과 친구의 전화가 이어졌다. 아무 일도 없느냐고 몇 번이나 물었다. 시카고에서 맞이한 폭설과 매서운 추위로 인한 첫 겨울의 기억은 40년이 지난 지금도 겨울만 오면 잊을 수가 없다.

이듬해 시카고 시장 선거가 있었다. 제인 버언이란 별로 인기가 없던 여성이 시장 후보로 나왔다. 선거 공약으로 "나는 시카고에 눈이 왔을 때 주민들에게 어떤 불편도 주지 않겠다."라는 것을 첫 번째로 내세웠다. 눈 때문에 불편을 겪는 주민들이 결국 제인 버언 여자 시장을 탄생케 했다. 한 사람은 눈 때문에 시장에 떨어지고 한 사람은 눈 때문에 시장에 당선된 참 아이러니한 사건이다.

한국에서의 봄소식은 2월 중순에 제주도로부터 진해 벚꽃 꽃망울이 맺히는 남쪽에서부터 온다고 했다. 이곳 시카고의 봄은 오기 싫은 지 4월의 부활절 날 전날 밤에 많은 폭설이 내려 교회에 못 간 적도 있었다. 어떤 해는 3월 중순인데 며칠 계속 햇볕이 따스해 완전히 봄이 온 것처럼 느껴졌다. 콧노래를 부르며 집 안에 있던 화분들을 향해 "봄이 왔다. 오늘은 봄빛과 놀아라." 하면서 집 안의 화분들을 밖으로 내놓고 출근했다. 그런데 이게 웬일인가, 오후 3시쯤 되어 갑자기 제법 큰 우박이 내렸다. 집에 갈 수도 없는 입장이 되어 속만 끓이다가 저녁에 퇴근해 보니 몇 년을 정성 들여 키운 고무나무가 우박을 맞아 색깔도 변하고 힘없이 처져 있었다. 내 방정맞은 생각으로 몇 년을 잘 키운 고무나무를 죽게 한 것이다. 고무나무를 향해 내가 잘못해서 네가 죽었다고 한참 동안 속죄했다. 고무나무에게 너무 미안했다. 어떤 일이 있어도 부활절이 지난 다음 화분을 밖에 내놓아야 안심할 수 있는 것을…. 시카고의 겨울은 너무 길다. 그리고 예상치 않은 기후 변화 때문에 시카고 날씨는 심술궂은 시어머니 같다고도 한다.

그러나 나는 시카고의 겨울이 싫지 않다. 한국보다 겨울이 조금은 길지만 계절의 변화 때문에 느낄 수 있는 불편과 고통보다 아름다움과 삶의 풍성함을 더해 주는 사계절이 있기 때문이다. 또 아이들 교육도 사계절이 있으므로 때론 긴장도 할 수 있어 나태하지 않은 장점도 있다.

어느 해 3월 초에 하드웨어 스토어에 갔다가 꽃씨가 나와 있는 것을 보았다. 마치 금방 봄이 올 것 같은 기분이었다. 긴 겨울의 터널을 빠져나오고 싶은 마음이 생겼다. 봄이 눈앞에서 기다리고 있는 것 같아 봄을 맞이한 마음으로 꽃씨를 몇 봉지 샀다. 그 꽃씨를 집 안에서 물에 담가 두어 새싹이 나면 화분에 옮겨 심고선 집 안에서부터 봄이 오기를 기다리기 위해서였다.

올해도 눈이 많이 왔다. 이제 이곳 시카고에서 서른네 번째 눈과 만났다. 이제는 눈이 많이 오는 날은 눈이 없는 플로리다 친구에게 눈을 가득 싸서 선물을 보내니 받으라고 농담을 하면 빈말만이라도 너무도 좋아한다. 이젠 겨울이면 온 세상을 명주 이불처럼 포근히 덮어 주는 하얀 눈이 친구처럼 친근함은 이곳이 제2의 고향이라고 생각되어서인가 보다. 올해도 봄을 맞이하기 위해 나는 꽃씨를 사러 가야겠다. 저만치 봄이 오는 소리를 들으며 겨울과 이별의 손을 흔들면서….

# 어떤 모정

오래전 시카고에서 백화점을 할 때의 일이다. 눈이 많이 온 다음 기온이 떨어지니 길이 얼어서 빙판길이 되었다. 가끔 우리 가게 앞을 지나다니는 할머니 한 분이 손에 병을 들고 가게에 들어왔다. 추운 날씨였기에 우선 의자에 앉게 하고 따끈한 커피 한 잔을 대접했다. 천천히 커피를 마시고 몸이 조금 녹은 할머니에게 물었다. "할머니, 이 추운 날씨에 그 병은 무엇이에요? 길이 너무 미끄러운데 자칫 잘 못해서 빙판에 넘어지기라도 하시면 뼈가 부러져 고생하게 됩니다." 그랬더니 보자기에 싼 병을 풀어놓는데 된장이 가득 들었다. 그 된장을 팔려고 가지고 오셨단다. 한 병이 $10.00인데 사 달라고 하신다. 이 돈을 어디다 쓸 거냐고 물었더니 아들 사업 밑천을 만들어 주려고 한단다. 된장 한 병이 십 불이면 얼마나 많은 된장을 팔아서 사업 밑천을 만들까.

할머니는 아들 하나 딸 하나 남매를 낳아 키우셨단다. 첫딸은 의사와 결혼을 해서 잘살고 있는데 둘째인 아들이 사업이라고 하면 계속 실패를 해서 어렵게 살고 있다고 했다. 잘사는 누나가 좀 도와주지 않느냐고 했더니, 두 번씩이나 크게 도와주었는데 다 말아먹었다고 했다. 그리고 매달 딸이 용돈도 주었는데 그 용돈을 모아 아들에게 주는 것을 알고선 지금은 용돈도 안 준다고 했다. 그래서 할머니가 생각 끝에 된장을 만들어 팔기로 했단다. 그러니 좀 도와 달라고 말씀하셨다.

할머니의 아들 사랑하는 마음이 가슴에 와 닿았다. 할머니의 모습이 너무도 안쓰러워 그 모성에 너무 마음이 아프고 눈물이 날 정도였다. 나는 할머니의 자식 사랑을 내 눈으로 확인할 수 있음과 동시에 내 마음이 착잡했다. 얼마나 된장을 많이 팔아야 사업 자금을 만들 수 있을까. 그 어머니가 할 수 있는 일은 이렇게라도 아들을 도와서 아들이 사업을 할 수 있도록 뒷바라지를 해 주고 싶은 것임을 어찌 모르겠는가. 우리 종업원들에게 무조건 한 병씩 사 주라고 하고 나 역시 몇 병을 사서 지인들에게 선물했다. 그리고 주위에 있는 사람들에게도 된장을 사도록 권유했다.

자식이 이런 부모 마음을 알고나 있을까. 자식이 다 잘살기를 바라지만 그중에 못 사는 자식에게 더 마음이 쓰이고 조금이라도 더 도와주고 싶은 것이 부모 마음이 아니겠는가.

또 나는 백화점을 하면서 부모와 자식들을 만나는 기회가 많았다. 지금은 미국에 유학 오기가 그리 어렵지 않지만 1960년대만 해도 미국에 유학 오기가 어려웠고, 대부분 부모는 유학을 보낸 자식들 뒷바라지에 허리를 졸라매지 않을 수 없었다.

어느 부모는 아들이 미국서 대학을 졸업하고 박사 학위까지 받고 결혼해 이곳에 정착해 살면서 부모를 초청해 우리 백화점에 쇼핑을 하러 온 적이 있었다. 그런데 그 부모는 내 귀에다 대고 조용히 말했다. 당신이 필요한 것을, 다시 와서 혼자 쇼핑을 하겠단다. 그래서 왜 아들에게 사 달라 하지 않고 그러느냐고 했더니 마음에 드는 물건을 하나 사려고 하면 "그게 꼭 필요하세요?" 하고 묻는단다. 그 말에 기분이 나빠 다시는 함께 쇼핑하지 않겠단다. 그러면서 우리가 자식 키울 때는 허리 졸라매면서 키웠다면서 묘한 여운이 남는 말을 했다.

어머니의 사랑은 하늘보다 높다고 노래하지만 요즘 세상은 자식을 지극 정성 키운 부모를 폭행하며 죽이는 끔찍한 일들도 뉴스를 통해 보는 험한 세상이다. 부모들은 자식을 키워 효도를 받으려는 생각은 이제 말아야 하는 시대다. 어쩌다 자식 중에 효도하는 자식을 가졌다면 그분은 큰 축복을 받은 사람이다. 자식을 키울 때 그 성장 과정을 보면서 느끼는 기쁨과 행복을 준 것으로 만족하며 더 이상 효도 받기를 바라는 시대는 지난 것 같다. 그러나 복 받고 살기를 원하는 자식들은 이 말씀에 귀기울이며 살게 되면 복을 받을 것이다. 성경 말씀에 "네가 복 받기를 원하느냐? 네 부모를 공경하라." 하셨다.

# 블랙 프라이데이

미국에서 11월 마지막 주 목요일은 추수 감사절(Thanksgiving Day)이다. 멀리 있던 가족이 함께 모여 칠면조를 곁들인 만찬을 하고, 신앙이 있는 사람은 하나님께 감사를 드리는 미국의 명절 중 하나다. 그 다음 날 금요일은 블랙 프라이데이(Black Friday)라 해서 모든 상점이 도어 부스터(Door Buster)라는 광고를 시작하고 연말 선물 준비와 평소 가지고 싶었던 상품을 산다.

블랙 프라이데이는 크리스마스와 새해 시즌까지 벌어지는 최대 90%까지 할인을 받을 수 있는 연말 대세일로 일 년 중 최대 규모의 쇼핑 기간이라는 경제 용어다. 이 블랙 프라이데이의 어원이나 유래는 주로 두 가지로 볼 수 있다.

첫 번째로는 쇼핑몰로 몰려든 소비자들로 인해 시즌 내내 직원들이 힘들어한 것을 말한다. 1961년 필라델피아 신문에서 처음으로 사용된 용어로, 도심의 교통마비와 북적이는 거리, 터져 나갈 듯한 쇼핑몰에서 일어나는 각종 사건 사고 때문에 경찰들에게는 추수 감사절 다음 날과 그 다음 날이 각각 '블랙 프라이데이'와 '블랙 새러데이'와 같다고 한 표현이 그 시초라고 한다.

두 번째로는 일 년 내내 적자였던 기업들이 이때를 기점으로 장부에 적자(Red ink) 대신 흑자(Black ink)를 기재한다는 데서 유래했다는 설이 있다. 미국에서는 장부를 기재할 때 적자인 경우에는 붉은 잉크로 표기하고 흑자인 경우에는 검은 잉크로 표기했다. 블랙 프라이데이에서 블랙, 검다는 표현은 일 년 동안 적자(레드)를 면치 못하던 기업과 상점들이 이날로부터 장부에 적자(red ink) 대신 흑자(black ink)를 기재한다는 데서 연유한 것이다. 이날을 기점으로 대부분의 소매업자가 적자에서 흑자로 돌아선다고 한다.

연중 최고의 세일을 단행하는 블랙 프라이데이가 시작되면 상점마다 모여든 사람들로 인해 크고 작은 소동이 벌어지곤 한다. 지난해 월마트에서 내놓은 49달러짜리 태블릿 피시를 사기 위해 200명의 사람이 한꺼번에 몰려들면서 한 쇼핑객이 그의 앞에 있던 여자를 때려눕히고 그 위를 밟고 지나가는 사건이 발생했다. 매릴랜드의 플래밍고 거리에 있는 타킷 스토어에서는 한 남자가 평면 TV를 먼저 사기 위해 총을 쏘며 위협하는 사건이 있었다.

나는 미국에서 살고 있는 지 올해 42년째 접어든다. 그런데 사업을 33년 동안 하면서 블랙 프라이데이에 물건을 팔아만 보았지 필요한 물건을 사지 않았다. 사업에서 은퇴한 후 올해 처음으로 딸과 함께 블랙 프라이데이에 쇼핑을 하러 갔다. 손자 손녀와 그 친구들의 장난감을 사러 백화점엘 갔다. 이때가 되면 백화점은 정상적인 영업시간보다 일찍 오픈하는 것이 상례다. 물건 값이 평소보다 30%에서 어떤 제품을 60~70%까지 싸다. 또 상점에 따라 Cash Back을 3%에서 24%까지 해 주는 곳이 있기 때문에 인기 있는 제품은 문을 열자마자 상점 밖에서 기다리던 사람들이 몰려들어 삽시간에 물건을 산다. 늦게 가면 물건을 살 수 없기 때문에 다른 사람보다 조금이라도 빨리 가서 상점 문을 열기 전에 장사진을 하고 기다리는 모습이 블랙 프라이데이의 신문 톱 기삿감이다. 시카고의 11월은 겨울이라 눈이 내리는 날씨인데 새벽에 잠도 자지 않고 이불을 뒤집어쓰고 백화점 앞에서 기다린다.

모든 사람이 물건을 사기 위해 정신이 없다. 그런데 이번에 딸과 쇼핑을 하면서 많은 것을 배웠다. 무조건 싸다고 사는 것이 아니라 필요한 물건을 사전에 계획하고 블랙 프라이데이 하루 전에 미리 가서 상품의 위치와 가격을 알아둔다. 그 다음 블랙 프라이데이가 시작하는 시간에 가서 상품을 사는 것이었다. 또 상점에 나와 있지 않은 것은 인터넷의 무료 운임을 이용해서 쇼핑하는 것이다. 특히 하와이는 섬이기 때문에 본토보다 물건 값이 2배 이상 비싸다. 그렇기 때문에 함부로 덤벙덤벙 쇼핑할 수 없다. 나는 시간이 없어 물건이 필요할 때 가격을 따져 보지도 않고 그냥 가서 샀다. 딸에게 많이 배웠다. 나도 젊은 사람의 지혜로운 쇼핑 방법을 앞으로 이용해야겠다.

# 사랑받고 산다는 것

"남자는 세계를 움직이고, 세계를 움직이는 그 남자를 여자가 움직인다."

고등학교 입학 때 교장선생님이 첫 훈시로 이 말씀을 하셨다. 그 말씀의 깊은 뜻을 당시에는 잘 알지 못했다. 내가 고등학교에 다닐 때만 해도 가정 형편이 어려운 가정에서는 남자아이는 학교를 보내고, 여자아이는 학교를 보내지 못하는 경우도 있었다. 그렇기 때문에 고등학교 교복을 입고 학교를, 그것도 명문 여자 고등학교에 다닌다는 것은 하늘이 높은 줄 모르고 다니던 때였다.

그때의 사회 풍조는 여자는 대학까지 공부를 마치면 직업을 갖기보다는 좋은 집안에 시집을 가는 것이 상례였다. 어떤 아이는 졸업도 하기 전에 결혼하는 경우도 가끔 있었다. 오히려 직장을 다니는 것 자체를 좋게 보지 않을 때였다. 그때는 커서 무엇이 되겠느냐고 물으면 현모양처가 되겠다는 것이 대부분의 희망 사항이었다. 그래서인지 우리 학교에서는 여성 교육의 중요성을 많이 강조했다. 가정이 건강해야 사회가 건강하고 국가가 건강하다는 말씀을 귀에 못이 박이도록 들었다. 즉 가정이 사회 발전, 국가 발전의 원천이다. 가정의 안주인인 여성인 우리들이 교육을 잘 받아 의식 구조가 건전하고 올바라야 건전한 가정을 이루고 건전한 사회를 이루는 바탕이 된다는 것이다. 더불어 그 건전한 사회가 모여 건전한 국가를 형성한다는 것이다.

남자란 세상에 나가서 일할 때 사회를 움직이고 나라를 움직이며 세상을 움직인다고 했다. 남편이 나쁜 유혹에 빠질 수 있을 때 가정의 안주인인 여자가 올바른 가치관과 지혜를 가지고 있다면 남편을 바르게 보필할 것이라고 했다. 남편들이 부정 축재로 인해 감옥에 가는 경우 대부분은 그 아내의 허영심이 원인이 된다고 했다. 아내가 올바른 가치관이 서 있지 않고 허영과 자신의 개인적인 영달만 생각하는 여자라면 남편을 파멸의 구덩이로 몰아넣는 경우가 있다고 했다. 결국은 가정과 사회를 불행하게 만드는 요인이 된다는 것이다. 그러므로 여성 교육이 얼마나 중요한지 나라가 잘되려면 올바른 여성 교육이 뿌리를 내려야만 한다고 늘 강조하셨다. 오랜 세월이 지난 지금에야 그 말씀의 확실한 뜻을 알게 됐으며 참으로 귀한 교육을 받았음을 알게 되었다.

미국에 살며 알게 된 나와 동갑인 진철이 엄마는 오빠되는 분이 그 여동생 때문에 집안이 다 망해서 미국에 오게 되었다고 말한 적이 있다. 한국에서 여자가 도박하기 시작해서 그 버릇을 고치려고 미국으로 왔다는 것이다. 미국에 와서도 그 버릇을 고치지 못하고 일생 동안 집 두 채를 말아먹은 셈이라고 했다. 결국은 이혼하고 아이들 교육마저 제대로 시키지 못하고 가정의 골칫덩어리가 되었다고 속상해했다.

남자도 마찬가지겠지만 특히 여자들이 삶의 올바른 방향을 잃어버렸을 때 가정에 미치는 심각한 불행을 눈으로 보아 왔기 때문에 아내로서 엄마의 역할이 얼마나 중요한가를 느끼게 되었다. 옛날 말에 며느리가 잘못 들어오면 3대가 망한다는 말이 있듯이 훌륭한 자녀를 둔 가정엔 반드시 훌륭한 어머니가 있음을 우리는 많이 보아 왔다. 여고 시절에 들은 교장선생님의 훈시가 나이가 든 지금에도 진리의 말씀으로 가슴에 남아 있다.

나도 두 딸을 가진 엄마로서 아이들을 미국 속에서 키우면서 내 나름대로 그 선생님의 가르침을 따라 딸들을 가르치게 되었음을 알게 되었다. 여자가 가정에서 해야 할 도리를 가르쳤고, 삶 자체의 건강한 생각이 건강한 목적에 부합될 때 진정한 행복이 함께한다는 것을 가르쳤다. 시집가서 시집 부모와 시집 식구들에게 해야 할 도리와 예법을 가르칠 때 엄마는 너무 한국적이라고 불평하며 울면서도 따라와 주었다.

나는 우리 딸들에게

1) 엄마한테 선물할 경우 너의 시어머니에게도 똑같이 선물해라. 네가 사랑하는 남편을 키울 때 너의 시어머니도 나처럼 수고했다는 걸 잊지 말아라.

2) 가능하면 시집 식구들 생일을 챙겨라. 시간이 없을 땐 약간의 돈과 카드라도 꼭 보내라.

3) 직장에서도 직장 동료들에게 먼저 베풀어라. 직장에 새로 들어 왔다든가, 직장을 떠날 경우, 생일을 알았을 때 카드와 함께 간단한 점심이라도 꼭 대접을 해라. 누구에게나 먼저 받으려고 생각하지 마라. 내가 먼저 베푸는 사람이 되어라. 성경에도 받는 자보다 주는 자가 복이 있다고 했다.

이렇게 교육을 받은 두 딸은 이제 가정을 가지고 아이들을 낳아 키우면서 좋은 직장에서 일하면서 엄마는 우리에게 무엇이든지 다 해 주었다고 나에게 감사하고 있다. 오히려 이제는 내가 딸에게 배울 점이 많이 있음을 알게 되었다. 더불어 남편에게 사랑받고, 시집 식 구에게도 사랑받고, 직장에서도 사랑받고 사니 얼마나 감사한지. 아 이들을 키울 때는 힘이 들었지만 그 세월 뒤엔 어려운 시절을 따라 준 아이였기 때문이다.

나는 귀한 교육을 받고 그 귀한 교육을 내 딸들에게 전수한 셈이다. 또 내 딸들이 그 딸들에게도 이 귀한 교육 방법을 전수해 주기를 바라 는 마음 간절하다.

# 잃어버린 가을

　봄, 여름, 가을, 겨울. 사계절을 다 좋아하지만 그중에서도 나는 가을을 제일 좋아한다. 봄은 새로운 생명이 잉태하여 대지에 활력을 불어넣는 계절. 침체되어 있던 겨울을 이기고 희망을 심어 주는 봄이다. 여름은 잉태한 봄의 생명을 왕성하게 자라게 하고, 대지를 푸른색으로 물들이며 풍성한 먹거리를 만들어 내는 열음의 계절이다. 가을은 여름내 땀 흘린 수고와 보람을 거두어들이는 수확의 계절, 천고마비의 계절, 독서의 계절 등의 별칭이 있지만, 그중에서도 가을은 나에게는 사색의 계절이기도 하므로 더욱 좋아한다.

　세월은 너무 빨라 뒤를 미처 돌아보지 못하고 앞만 보고 달릴 때도, 어느덧 앞마당에 피어 있는 코스모스가 한들거리며 높고 맑은 가을 하늘, 아름다운 색으로 물들어 가는 나뭇잎들을 보면서 "아! 가을이 왔구나." 하고 느끼는 순간 나는 어느덧 지나온 세월을 돌아보게 된다. 겨울은 하얀 눈꽃으로 추한 인간들의 모습을 뒤덮어 나 보란 듯이 순결한 누리를 펼쳐 주어서 좋다.

지금도 내 추억의 노트에 잊히지 않는 가을이 있다. 여고 시절 설악산에 수학여행 갔을 때다. 산 전체가 울긋불긋 아름다운 물감으로 물들지 않은 산이 없고, 멀리 보이는 산과 골짜기는 불타는 한 폭의 큰 그림처럼 아름다움에 탄성이 절로 나왔다. 이 나뭇잎은 자신이 조금 있으면 다 떨어져 죽을 것인데 어찌하여 이렇게 아름답게 치장하였을까. 자연의 오묘한 섭리를 감탄하며 계절의 그 질서를 오래오래 간직했으면 좋겠다는 생각을 했었다.

그때 설악산에서 본 머루는 포도보다 작은 알맹이의 검붉은 자주색으로 포도보다 달고 맛이 좋았다. 그 이후로 머루나 머루 주스를 보면 꼭 사서 먹곤 한다.

미국에 와서도 가을이 오면 그때 설악산의 단풍을 생각했다. 바쁜 이민 생활은 단풍 구경을 하러 갈 정도로 시간적 여유가 없었다. 다행히 출퇴근 시간에 공원의 단풍을 보면서 가을의 아름다운 풍경을 생각하며 지낼 수밖에 없었다. 그러나 올해는 그 공원의 아름다운 단풍들도 볼 수 없는 곳에 나는 와 있다. 가을이 없는 곳이다. 가을을 잃어버렸다.

이름 모를 열대 꽃이 만발하고 파인애플과 파파야 바나나 등의 열대 과일이 풍성히 자라고 있는 곳. 지금도 수영을 하며 가을을 잃어버렸다. 그리운 친구에게 편지도 쓰고 싶고 미루어 놓았던 글 쓰는 일들도 하나하나 해야 하고, 보고 싶은 책들도 읽어야 하고….

언제나 가을이 오면 새로운 다짐으로 하던 일상생활을, 가을을 잃어버린 이곳에서도 나는 계속할 것이다. 가을을 알리는 귀뚜라미 소리, 드높은 가을 하늘, 산들바람, 한들거리는 코스모스, 하루가 다르게 물들어 가는 단풍잎들, 토실토실 여문 밤송이, 빨갛게 익은 사과와 감, 배….

> 가을 햇살이 좋은 오후
> 내 사랑은 한때 여름 햇살 같았던 날이 있었네.
> 푸르던 날이 물드는 날
> 나는 붉은 물이 든 잎사귀가 되어
> 뜨거운 마음으로 사랑을 해야지
> 그대 오는 길목에서
> 불붙은 산이 되어야지
> 그래서 다 타 버릴 때까지
> 햇살이 걷는 오후를 살아야지
> 그렇게 맹세하던 날들이 있었네.
> 그런 맹세만으로
> 나는 가을 노을이 되었네.
> 그 노을이 지는 것을 아무도 보지 않았네.
> – 김현승 〈가을날〉

　김현승 시인의 〈가을날〉을 읊조리며 나는 소슬한 바람에 옷깃을 세우고 우수수 떨어지는 낙엽을 밟으며 가을의 풍요로움과 가을바람에 묻어나는 가을 향기를 음미하던 아련한 추억에 잠기면서 지나온 세월의 상념을 되작거리면서 지금 잃어버린 가을 속을 걷고 있다. 하와이 해변에서….

## chapter 03

어머니와 비취반지

평소 보석이라곤 여름철 모시 적삼 앞에 달고 있는
조그만 금단추가 전부였다.
하루는 모시 적삼에 달고 있던 금단추가
길거리에서 팔고 있는 번쩍거리는 100원짜리 브로치로 바뀌었다.
우리들은 너무 보기 싫어 그 브로치를 버리라고 했다.
그러나 어머니의 표정은
너무 기뻐 보였고 금단추보다 더 소중하게 생각했다.
초등학교에 입학한 막냇동생이
학교에서 색종이로 만든 카네이션과
용돈으로 길거리에서 산 브로치였다.
막내아들에게 처음으로 받은 어머니날 선물이었다.
- 본문 중에서

# 어머니와 비취반지

그때를 생각하면 지금도 콧잔등이 시큰하며 목이 멘다.

우리 어머니는 딸 하나에 아들 넷을 두었다. 아래 셋 남동생은 재혼해서 낳았다. 남들이 부러워할 만큼 잘 키워 어엿한 사회인으로 살게 하셨다. 그런 어머니가 환갑이 되었다. 남동생 넷은 한국에 있고 딸인 나만 미국에 살았다. 아들들이 환갑잔치를 해 드리겠다는 것을 마다하고 딸이 사는 미국으로 오시겠다고 하셨다. 조금 산다는 집의 자손은 큰 호텔에서 친척들과 주위의 지인들, 아들딸의 친구까지 초대해서 환갑잔치를 하는 것이 당시의 유행이었다. 그것이 자식이 부모에게 해 드리는 최고의 효도처럼 생각할 때였다.

미국에 한번 다녀가시라고 몇 번을 얘기했지만, 그때마다 사업이 바빠서 오지 못한다고 했었다. 그러던 어머니가 환갑잔치를 미국의 딸네 집에서 하겠다고 하셨다. 한국에 비하면 연고자도 그리 많지 않아 아무래도 한국에서 하는 것보다 초라할 것 같았다. 어머니는 아들이 해 주겠다는 화려한 잔치는 마다하고 굳이 미국에 있는 딸한 테서 환갑잔치를 하겠다고 하신 이유를 알 수 없었다. 동생들은 어머니 뜻을 받들어 누님이 그곳에서 어머니께서 원하시는 대로 잔치를 해 드리라고 했다. 비행기 표는 동생들이 마련하겠다면서.

드디어 어머니와 아버지께서 한국에서 오셨다. 나는 환갑잔치를 하기 위해 정성껏 준비하기 시작했다. 그러나 어머니께서 하시는 말씀은 내게 큰 충격을 주었다.

"크게 벌일 것 없다. 나이는 세월이 가면 들게 마련인데 늙는 것이 뭐 그리 대단하냐? 큰 호텔 빌려 세상 사람들 불러 모아 앞에서 돈 봉투 받고 먹고 노는 잔치 나는 안 할란다. 그래서 미국 왔으니 너도 잔치할 생각은 하지 마라." 그리고 우리 아이들과 미국 여행 하면서 시간을 보내고 싶다는 것이었다. 결국 우리 가족만 조촐하게 환갑잔치를 했다.

지금은 돌아가셨지만, 당신 자신에게는 그리도 인색했고 주위의 가난한 친척과 불쌍한 사람에겐 참으로 후하셨다. 항상 우리 집은 많은 사람으로 붐볐으며 일하는 아줌마는 집에 오는 손님들 밥상 차리기에 바빴다. 그때만 해도 서로 만나면 진지 잡수셨냐는 것이 인사였다. 무조건 집에 오시는 손님에겐 음식부터 대접했다.

어머니는 서울 시내에 있는 큰 기업체의 구내식당 세 개를 운영했었다. 자식들 잘 키워 살 만하시고 이제 좀 쉬셔도 된다고 주위의 친척이나 여러 지인이 말을 하면 "내가 그만두면 저 식구들은 누가 먹여 살리느냐?"며 말을 듣지 않으셨다. 사업도 잘하시고 모든 종업원을 가족처럼 생각했다.

어머니는 형제 사랑도 남달랐다. 그때만 해도 우리만 서울에 살았지 이모들은 부산에 살았다. 한 가족씩 서울에 정착을 시키시는데, 우선 서울에 와서 사는 친척을 집에다 초대해 저녁식사를 잘 대접했다. 그런 후 가족회의를 시작한다.

그때 전세방 하나가 50만 원 정도였는데 어머니께서 반 남짓 먼저 내놓으셨다. 먼저 와 있는 친척들에게 형편에 맞도록 만 원도 좋고 3만 원도 좋고 하시면서 서로 돕도록 하셨다. 그래서 전세방 돈을 모아 우선 서울로 이사하게 했다. 그리고 구내식당에서 일자리도 마련해 주었다. 그런 방법으로 형제나 어려운 친척을 서울로 이사시켜 보살피며 도움을 주셨다. 친척 자녀들이 대학 입학시험에 합격하고 등록금이 없으면 항상 어머니에게 부탁하여 해결하곤 했다.

내가 고등학교에 다니고 있을 때다. 하루는 한 친척이 헌 옷 한 보퉁이를 머리에 이고 와서 우리 집 대청마루에 내려놓았다. 그 옷을 팔아서 아들 등록금을 하겠다고 했다. 어머니께서 그 모습을 보고 헌 옷을 누가 사느냐며 결국은 등록금을 마련해 주었다. 나는 어머니의 그런 모습이 너무 속상해서 고생하며 돈 벌어 친척 등록금 해 주고 전세방 얻어 주느냐며 불평을 늘어놓았다. 그때 어머니의 말씀이 내가 너를 굶기느냐, 옷을 안 입히느냐, 학교 공부를 안 시키느냐며 배움이란 때를 놓치면 안 된다고 하시었다. 그리고는 내가 돈 벌어 쓸 수 있으니 다행이니 너는 걱정하지 말라고 하셨다. 그때의 기억으로 한두 명도 아니고 여러 아이의 등록금을 대주고 있었다.

우리 어머니는 딸 다섯에 아들 둘의 칠 남매 중 둘째 딸로 어려운 외갓집의 살림도 다 맡아 살았다. 딸 다섯을 낳은 후 늦깎이로 낳은 아들 둘을 누나인 어머니가 대학 공부를 시켜 장가도 보냈다. 그때는 어머니가 외삼촌 공부시키고 장가보내고 하는 것들도 마음에 들지 않아 불평했었다. 그럴 때 어머니는 너는 시집가서 잘사는데 돈이 없어 공부를 못하는 네 동생이 있으면 혼자서 잘 먹고 잘살면서 나 몰라라 하겠느냐며 부모의 마음 편안하게 해 드리려고 하는 것이다. 부모님 살아 계실 때 마음 편안하게 해 드리는 것이 효도라고 하셨다. 또 치아가 좋지 않은 외할머니를 위해 일요일만 되면 고기도 다지고 다른 음식들도 소화가 잘되도록 만드셔서 외할머니를 찾아뵈었다. 사업하다 보면 몸이 지칠 때도 있는데 어머니의 효심은 정말 대단했다.

나는 사업체를 비울 수가 없어서 남편이 친정아버지와 어머니를 모시고 미국 여행을 했다. 나이아가라 폭포는 우리 아이들과 함께 다녀왔다. 어머니께서는 항상 한복을 입으셨고 머리도 쪽을 찌셨다. 동백기름을 발라 곱게 빗은 머리와 한복을 차려입은 모습은 전형적인 한국 여인의 모습으로 고운 편이었다.

여름이면 모시옷을 좋아하셨고, 봄가을엔 계절에 맞춰 그리 비싸지 않은 옷감으로 한복을 지어 입으셨다. 연한 옥색이 잘 어울리셨다. 여행 시에 불편하실까 봐 바지와 운동화를 사 드렸더니 나는 평소에 입던 내 나라 옷이 몸에 배어 불편하지 않다고 하시면서 여행 시에도 한복을 입고서 미국을 일주하셨다. 여행지에 가는 곳마다 어머니의 한복이 예쁘다고 칭찬하며 미국 사람들과 함께 사진도 찍었노라고 기뻐하셨다. 플로리다 케네디 우주 센터에서 우주복을 입은 우주인 모습의 사람과 연한 옥색의 한복을 입으신 할머니와 함께 찍은 사진을 보고선 우리 아이들은 "할머니, 멋져요."를 연발했다. 서부와 뉴욕 플로리다 등 미국을 일주하고 캐나다, 나이아가라 폭포까지 나도 가 보지 못한 곳을 남편과 함께 한 달 반을 여행하셨다.

어머니는 평생 가도 당신 자신이 좋아하는 보석 하나 하지 않고 사셨다. 평소 보석이라곤 여름철 모시 적삼 앞에 달고 있는 조그만 금단추가 전부였다. 하루는 모시 적삼에 달고 있던 금단추가 길거리에서 팔고 있는 번쩍거리는 100원짜리 브로치로 바뀌었다. 우리들은 너무 보기 싫어 그 브로치를 버리라고 했다. 그러나 어머니의 표정은 너무 기뻐 보였고 금단추보다 더 소중하게 생각했다. 초등학교에 입학한 막냇동생이 학교에서 색종이로 만든 카네이션과 용돈으로 길거리에서 산 브로치였다. 막내아들에게 처음으로 받은 어머니날 선물이었다.

우리들이 초등학교에 다닐 때 밥상에 앉아 음식 타령을 하다 밥을 굶은 적도 있었다. 음식이 맛없다, 짜다, 맵다 불평하면 그 음식이 만들어져서 내 입에 들어올 때까지 수고한 사람을 생각하게 하고 감사 기도를 하게 했다. 밥그릇에 밥 한 톨이라도 남기고 숟가락을 놓으면 야단맞았다. 먹는 것은 열심히 먹되 음식 한 톨도 함부로 내버리지 못하게 했다. 하루에 밥 한 톨을 밥그릇에 남겨 내버리면 한 달이면 몇 개고 일 년이면 몇 개냐 하시고 세상엔 굶는 사람도 많다면서 음식의 소중함을 가르치셨다.

옛날 어머니에게서 받은 교육을 나도 모르게 아이들에게 앵무새처럼 가르치고 있는 나를 발견하게 되었다. 어머니의 가르침이 살아서 내 아이들에게도 심어지고 있음을 알게 되었다.

어머니께서는 여자로서 보석을 좋아하셨지만, 자신을 위해선 돈을 쓰지 않으셨다. 그런데 귀국하시기 며칠 전에 어머니가 비취반지를 좋아하는 것을 알게 되었다. 당시 새끼손톱만 한 사이즈라도 색깔이 좋은 비취반지는 가격이 꽤 높았다. 한 달 반을 미국 일주 여행을 하며 쓴 비용도 많았고, 가지고 가실 선물도 다 준비를 했으므로 남편 보기에 미안해서 그 비취반지는 다음번에 오실 때 해 드리겠다고 약속했다. 사업이 한창 바쁜 12월에 오셨기 때문에 나는 함께 여행을 하지 못했고 하와이를 제외한 미국 일주 여행을 하고 떠나시게 되었다. 어머니께 다음에 오실 때는 하와이에서 만나 비취반지도 사 드리고 하와이 여행도 하시자고 약속했었다.

그러나 나는 그 약속을 영원히 지키지 못했다. 어머니께서 여행을 마치고 귀국하신 후 소화가 잘 안 된다고 해서 진찰을 받았다. 위염이라고 했다. 조금 치료하면 나아질 거라고 한 것이 7개월이 지난 후에 간암으로 판명되었다. 미국 여행 하시고 귀국하신 후 일 년 만에 세상을 떠나셨다.

여느 때 몸을 사리고 일에 꾀를 부리는 사람을 보면 죽으면 썩어질 몸인데 뭘 그리 몸을 아끼느냐고 하시면서 손수 일을 하여 본을 보이셨다. 어머니는 부모 자식 형제들, 또 주위의 불쌍하고 어려운 친척들, 당신과 함께 일한 종업원을 당신 자신보다 더 사랑하며 사신 분이다. 우리 남편은 나를 보고 내가 좋아서 장가든 것이 아니고 장모님의 훌륭한 모습을 보고 장가를 왔노라고 얘기하곤 했다.

신선한 재료를 사기 위해 추우나 더우나 새벽시장을 다니셨고, 몸을 아끼지 않으시고 열심히 사신 모습, 사람이 태어나 나이 들어 늙는 것은 똑같지만, 어떻게 값지게 늙느냐가 중요한 것을 몸소 보여주신 어머니다. 살아오면서 내 가슴에 참 스승으로 자리매김했다. 그렇다고 많이 배우신 분도 아니고 거창한 학위를 가지신 분도 아니다. 지금 생각하면 우리 어머니는 치마만 둘러 여자지 마음 씀씀이나 사람을 생각하는 도량은 여느 남자 못지않은 여장부였다.

그러나 어머니도 여자이기 때문에 당신이 좋아하는 보석을 갖고 싶은 것은 어쩔 수 없는 마음인 것 같다. 고운 옷을 입고 금비녀와 옥비녀로 쪽을 찌고 비단옷에 비취반지 하나쯤 끼고 싶은 마음은 당연하다. 그때 조금 무리를 해서라도 비취반지를 해 드렸더라면 지금 이렇게도 가슴이 아프지 않을 것을 눈물로 후회하고 있다. 우리 어머니의 살아온 생을 생각하면 참으로 존경받는 삶을 살다 가신 분이다. 살아 갈수록 영원히 잊히지 않는다. 많은 세월이 지난 지금, 나의 모습이 어머니를 조금이라도 닮은 삶을 살아가기를 소원해 본다.

나는 지금도 비취반지만 보면 어머니 생각에 눈물을 삼킨다.

# 줄리의 장례식

줄리는 바로 옆집에 산다. 내가 그녀를 안 지는 그리 오래되지 않
았다. 줄리는 호놀룰루 다운타운에 있는 호텔에서 일을 하기에 보통
새벽 4시 정도에 일어나서 직장에 나간다. 그러므로 바로 옆집에 살
아도 얼굴 한 번을 제대로 보지 못하고 살았다. 그런데 그날은 몸이
아파 직장엘 못 가고 집에 있다는 것을 알고 그녀를 방문했었다.

줄리는 석 달 후면 은퇴를 한다고 하면서 몸이 조금 나아지면 또
직장에 나간다고 했다. 아프면 조금 더 쉬지 그렇게 꼭 나가야 하느
냐고 하니 석 달을 채우고 직장을 그만두면 자기에게 오는 이익이
달라지기 때문에 달수를 꼭 채우고 나와야 한다고 했다. 얼굴을 보니
보통 병은 아닌 것 같고 얼굴에서 풍기는 인상은 깊은 병을 앓고 있는
것처럼 보였다. 나는 더 이상의 말을 건넬 수가 없었다. 나중에 줄리
에 대한 얘기를 우리 딸을 통해 들었는데, 남편은 재혼이고 줄리는
초혼으로 서로 만났다고 했다.

그녀는 크리스천으로서 마음이 그지없이 착하고 성격이 온화한 사람이라고 했다. 쥴리 남편은 전처에서 딸도 있고 아들도 있지만 쥴리가 낳은 자식은 하나도 없다. 남편의 자식들은 다 장성해서 자신들의 삶을 살고 있다고 했다. 쥴리가 평생 동안 외롭게 살아온 것을 알게 되었다.

은퇴했다는 소식을 듣고 하루는 쥴리 집을 방문했더니 낳아서 한 달이 되었다는 작은 강아지를 안고 나를 맞이했다. 자기가 너무 외로워서 강아지에게 정을 붙이며 살기로 했다고 말했다. 나도 가끔 놀러 오겠다고 했다. 그때 본 쥴리는 너무 병색이 짙어 있었고 잘 먹지 못한다는데 많이 야위었다. 그 뒤 몇 번을 놀러 갔는데 그때마다 몸이 더 안 좋아 보였다. 나중에 알고 보니 쥴리의 병은 위암 말기였다.

여자로 태어나 처녀로 자식이 있는 남자와 결혼을 하고 자신은 핏줄 하나 없이 일만 하다가 암이라는 병을 앓고 있다는 것을 알고 나니 쥴리가 그렇게 불쌍할 수가 없었다. 은퇴 후에 자신의 인생을 한 번도 즐기지 못하고 병마에 시달려 고생하다가 인생을 마감해야 하는 그 모습을 보고 너무도 가슴이 아팠다.

결국 쥴리는 은퇴하여 6개월을 넘기지 못하고 세상을 등지고 말았다. 그녀는 크리스천으로서 자신이 다니던 교회에서 장례식을 치르고 장지로 가게 되었는데 우리 가족 모두가 장지에 같이 갔다.

크지도 않고 작지도 않은 관 하나 딱 들어갈 수 있는 땅을 판 곳에 관을 아래로 내린 후 그 관 위에 조그만 상자 하나가 놓이는 것을 보았다. 보통 장지에서는 참석한 사람들이 꽃을 한 송이씩 관 위에 놓으면 그 위에 흙을 덮는 것을 보아 왔었다. 이번 쥴리의 장례에서는 함께 묻히는 조그만 상자가 무엇인지 굉장히 궁금했었다.

그녀는 평소에 고양이를 여러 마리 키웠다고 했다. 그 고양이가 생명을 다해 죽으면 화장해서 그 뼈를 보관했다. 정을 주고 함께 살아온 고양이들이 쥴리에게는 자신의 핏줄처럼 생각된 모양이었다. 그래서 평생 고양이와 함께 살다 자기가 죽은 후에 함께 묻어 달라고 평소에 남편에게 얘기했다고 한다. 그날 그 작은 상자가 고양이 뼈가 든 상자임을 나중에 알게 되었다.

인간이 외로울 때 인간들과 정을 주고받지 못하고 동물에게 정을 주며 사랑하다가 그 동물이 죽으면 그 뼈를 보관해 두었다가 자신이 죽을 때 함께 묻어 달라는 소원을 가지고 살았다는 것이, 어쩌면 변덕스러운 인간에게 사랑을 주다 배반당하는 것보다 훨씬 나을지도 모르겠다는 생각을 하게 되었다.

나는 살아오며 내가 죽은 후에 내세에도 함께하고 싶은 것이 있는가, 나 자신에게 반문해 봤다. 그동안 여러 장례식에 참석해 보았지만 쥴리의 장례는 잊을 수 없는 장례식으로 지금도 기억 속에 남아 있다.

쥴리가 평소에 자식처럼 사랑했던 고양이들과 편안하게 잠들어 저세상에서 행복하게 지내길 빈다. 사랑을 품고 살아온 쥴리에게는 하늘까지 함께 갈 반려가 있어야 했다. 그녀의 길벗은 자기가 사랑을 주기만 하는 대상이었다.

# 추억 만들기

말래카하나 해변(Malaekahana Beach)에서 생일파티를 했다.

2014년 6월 하와이 호놀룰루에 있는 말래카하나 해변으로 캠핑을 갔다. 딸과 사위, 할머니인 나, 유치원에 다니는 5살짜리 외손자 에브너와 3살짜리 손녀 아씨와(아지엘라의 애칭) 에브너의 유치원 같은 반의 쌍둥이 친구 윌리엄과 로버트와 그의 부모를 합쳐 모두 9명이다.

우리는 집에서 한 시간 반 걸려 캠프 장소에 도착하자마자 우리에게 지정된 장소를 찾아 짐을 풀었다. 파킹장에서 지정된 장소까지 1~2분 정도 걸리는 거리인데 3살짜리와 5살짜리 조무래기도 주차장에서 텐트가 있는 장소까지 조그만 물건이라도 자신이 하나씩 함께 나르며 즐거워했다.

우선 배정된 벤치에 햇빛과 비를 피할 수 있는 사각형의 커다란 텐트를 치고 또 12명이 잘 수 있는 커다란 텐트도 쳤다. 꼬마들은 텐트에 들어가더니 장난기가 발동해서 야단법석이다. 그 웃음소리는 때가 묻지 않은 구슬이 부딪치면서 내는 소리 같았다. 텐트 두 개를 조립하고 우리는 저녁 식사를 준비하는데 음식 만드는 것은 딸이 맡았다. 준비해 간 가스레인지를 이용해 주로 아이들이 좋아하는 핫도그와 즉석 피자 또 샐러드를 만들었다. 후식은 수박과 머시멜로 샌드위치(내가 지은 이름)를 먹었다. 그것은 머시멜로를 가느다란 코치에 끼워 불 위에 살짝 굽는다. 중간에 머시멜로와 초콜릿을 넣고 사각 비스킷을 양쪽에 두고 지그시 누르면 맛있는 머시멜로 샌드위치가 된다. 아이들이 너무 좋아해서 여러 개를 만들었다.

해가 짐과 동시에 불빛들이 멀리서 은은하게 비치며 정겨운 속삭임들이 캠핑하는 맛이 나도록 곳곳에서 흘러나오고 있었다. 아이들은 피곤한지 일찍 잠이 들었지만 우리 어른들은 벤치에서 은은한 불빛을 사이에 두고 차를 마시며 아이들의 이야기와 일상생활에서 느끼는 여러 가지 이야기로 꽃을 피우며 한동안 재미있는 시간을 보냈다. 늦은 저녁 텐트 속에서 마치 자장가처럼 파도 소리를 들으며 캠핑 첫날 저녁은 깊은 잠에 빠져들었다.

하와이는 섬이어서 집에서 조금만 나가면 바다를 접할 수가 있고, 울창한 숲과 꽃이 만발한 가로수 길도 만날 수 있다. 이번에 캠핑을 하러 간 곳은 앞은 끝없이 펼쳐진 코발트빛 바다와 고운 모래들로 길게 늘어선 모래사장과 뒤는 울창하게 우거진 숲으로 둘러싸인 자연이 주는 안락함과 아름다움을 만끽할 수 있는 곳으로 보안까지도 잘되어 있었다. 집을 떠나 파도 소리를 들으며 하늘의 별을 헤고,

캠프파이어를 중심으로 둘러앉아 오순도순 나누는 정담은 그동안의 쌓인 피로와 스트레스를 풀어 주는 데 더할 바 없이 충분했다.

이튿날 새벽에 바다로 나가니 먼 수평선에서 떠오르는 태양은 가슴에 쌓여 있던 조그만 찌꺼기까지 찬란한 빛에 타들어 가듯 가슴이 뭉클하여 아름답고 신비한 일출의 광경에 넋을 잃었다. 나도 모르게 하나님이 창조하신 위대한 자연 앞에 감사의 감탄사를 토해 냈다. 낚시를 좋아하는 사위는 어느새 새벽에 일어나 낚싯대를 드리우고 있었다. 여름이지만 아침 공기는 조금 쌀쌀하다면서 딸아이는 아침으로 뜨거운 국물이 있는 라면과 스크럼블 에그, 팬케이크, 쇠고기 소시지와 무수비(하와이 토속 김밥)까지 준비해서 아침을 든든히 먹었다. 평소 라면을 잘 먹지 않았지만 캠핑에서 먹는 라면은 별미였다.

아침을 먹고 우리 일행은 바닷가 모래사장을 맨발로 걷기 시작했다. 아이들은 장난감으로 모래성을 쌓고, 나는 3살배기 아씨와 모래사장을 걸었다. 습관처럼 모래사장을 걸으면서 비닐봉지에 모래사장에서 발견하는 비닐 조각, 플라스틱 포크, 플라스틱 물병, 도시락 껍데기, 병뚜껑 등을 임시로 만든 젓가락으로 집어 비닐봉지에 담는 것을 보고 꼬마들이 무엇이냐고 묻는다. 사람들이 버린 쓰레기니 어디를 가나 우리는 쓰레기를 주워 쓰레기통에 버려야 한다고 선생님처럼 가르쳤다. 그래야 오랫동안 아름다운 자연을 지킬 수 있다고 하니 알아듣는 것처럼 고개를 끄덕거렸다. 딸은 엄마는 휴가 와서도 그런다며 못 말리는 엄마라고 핀잔을 줬다.

작은 조개껍데기와 산호와 해삼도 발견하고 수영을 즐기기도 했다. 맑은 공기, 파란 하늘, 두둥실 떠 있는 뭉게구름, 끝없이 펼쳐진 수평선, 코발트빛 바다, 숲속에서 들려오는 새소리…, 숨을 크게 들이마시며 내뿜으니 가슴이 환하게 열리며 내 몸의 세포들이 싱싱하게 살아 움직이는 것 같았다. 조물주의 위대하심을 경탄하며 감사의 찬송이 절로 나와 흥얼거리며 걸었다.

저녁이 되어 갈비, 스테이크, 새우, 오징어, 쇠고기 소시지, 옥수수, 고구마, 호박, 양파, 버섯 등 싱싱한 것들을 직접 바비큐를 해서 먹으니 그 맛이 꿀맛이다. 내가 좋아하는 생선회까지 마련해서 푸짐한 나의 생일잔치가 벌어졌다. 저녁을 먹은 후 생일 케이크에 촛불을 밝히고 고사리 손으로 손뼉을 치면서 불러 주는 생일 축하 노래는 이 세상에서 그 어느 유명한 가수가 불러 주는 것보다 나를 감동시켰다. 때묻지 않은 영혼이 불러 주는 생일 노래가 되어서 그런가 보다.

파도 소리 들리는 바닷가
하늘에 별은 반짝이고
새들은 잠들고
산들바람은 저녁 나들이 나와
부드러움을 선사하니
고사리 손 여덟 개가
손뼉을 치면서 부르는
Happy Birthday 할마!
Happy Birthday 할마!

오랫동안 잊을 수 없을 것 같은 캠핑에서의 나의 생일잔치, 우리 아이들은 '할머니'를 '할마'라고 부른다.

그날 저녁, 모래사장에서 통에다 모래를 깔고 하얀 게를 열 마리 넘게 잡아 넣어가지고 왔다. 로버트가 낮에 바다에서 너무 재미있게 놀더니 감기 기운이 조금 있는 것 같다며 일찍 잠이 들었다. 모두가 게를 보고 신기해하고 좋아서 법석을 떨었는데 내일 아침 로버트가 일어나면 보여 준다고 게가 든 통을 텐트 앞에 두고 잠을 잤다.

아침에 일어나자마자 녀석들은 통에 있는 게에게 막대기를 가지고 성가시게 굴더니 모조리 죽이고 말았다. 딸이 녀석들을 다 모아 놓고 너희들도 막대기로 따라다니며 괴롭게 해서 죽으면 어떻게 되겠냐고 말을 하니 한 녀석이 울음을 터트리며 잘못했다고 했다.

쌍둥이 부모는 하와이에 오래 살아온 사람인데 이렇게 좋은 캠핑 지역을 처음 와 보았다고 한다. 우리 딸아이에게 초청해 주어서 고맙다며 자기들도 초청하겠다고 인사했다.

아침 겸 점심을 먹고 텐트와 살림 도구를 챙겨 차에 실으며 먼 훗날 내 손자 에브너와 아씨가 이번 할머니와의 2박 3일 간의 행복했던 캠핑이 아름다운 추억으로 기억되기를 바라면서 집으로 향했다.

# 촌스럽게

나는 요즘 며칠째 손자 손녀들의 앨범을 만드느라 정신이 없다. 2년 전에 함께 여행하면서 찍었던 사진을 컴퓨터에 옮겨 놓고, 코스코(COSTCO) 회사 포토샵에 들어가 앨범 만드는 작업을 하고 있다. 사진 한 장 한 장을 보니 그때의 추억이 떠올라 입가에 잔잔한 미소가 번진다. 폭소를 자아내게 하는 재미있는 사진도 있고, 또 어떤 사진은 아이들 노는 모습이 너무 귀여워 한참을 들여다보곤 한다. 5월 중순에 손자가 사는 시카고와 LA를 방문할 일이 있어 그때 내가 만든 앨범을 주려고 열심히 앨범을 만들고 있다.

나는 부산 영도에서 태어나 부산에서 초등학교, 중학교, 고등학교까지 다녔다. 대학은 서울에서 마쳤다. 초등학교 2학년 때 육이오전쟁이 나서 내가 다니던 초등학교는 미국 군인들이 차지하여 우리는 책가방을 허리에 메고 산으로 들로 다니면서 공부를 했었다. 생전처음 보는 까만 피부의 흑인 군인을 보고 질겁해서 집으로 도망가기도 했었다.

　사람의 왕래가 별로 없던 우리 집에 등 뒤에 짐을 잔뜩 진 사람이 들어와서 짐을 내려놓고 물을 달라고 했다. 갑자기 사람이 몰려드는 바람에 나는 영문도 모르고 신이 나서 물을 부지런히 날라다 사람들에게 마시게 했다. 전쟁이 났다는 얘기는 들었지만, 부산에 살았기 때문에 총소리를 한 번도 들어 보지 못했다. 남으로 피란민이 내려와 우리 집까지 몰려오는 것을 보고 정말 전쟁이 난 것이구나 하는 생각을 했었다.

　그때 우리 집 마당에 들어온 피란민 중에 이북에서 여자 고등학교를 다니던 여학생 둘이 있었다. 전쟁이 나는 바람에 아버지와 함께 남으로 피란 오다가 길에서 헤어졌다고 한다. 누군가 영도다리에서 아버지를 보았다는 얘기를 들었단다. 그 두 여학생은 무조건 영도다리가 있는 곳으로 오면 아버지를 만날 수 있겠다는 생각으로 영도에 왔다는 것이다. 그 얘기를 들은 우리 어머니가 불쌍하다며 아버지를 찾을 때까지 우리 집에서 묵게 해 주었다.

　나는 갑자기 큰 언니가 둘이나 생겨서 신이 났다. 매일 두 언니에게 노래와 글을 배웠는데 나중에 알고 보니 남한에서는 부르면 안 되는 금지된 노래였다. 세상 물정을 모르는 어린 나이니 가르쳐 주는 대로 배워서 사람들 앞에서 노래를 불렀다. 노래를 듣던 어른이 그 노래는 부르면 큰일난다고 했었다. 지금도 몇 마디는 기억하고 있는데 "장백산 줄기줄기 피 어린 자국" 이렇게 시작하는 노래였다.

　그 노래는 이북의 혁명가다. 두 언니는 매일 아침을 먹고선 영도다리에 나가는 일이 하루의 일과였다. 결국 한 달 만에 영도다리 건너편에 서 있는 아버지를 만났다. 그때의 영도다리는 하루에 두 번 정도 중간 부분이 갈라져 위로 오르는데 그때 커다란 배들이 다리 밑을 지나갔다. 이 다리가 완전히 내려와서 사람들이 통행할 수 있을 때까지 다리를 보면서 기다려야 했다. 그때 다리 건너편에 있는 사람들을 볼 수가 있다.

나는 고등학교에 다닐 때 이 영도 다리를 건너 전차를 타고 다녔다. 그럴 때 사람들은 다리 난간에 기대어 멋진 포즈를 하고 사진을 찍었다. 아마 다른 곳에서 여행을 온 사람들인 것 같았다. 그때 내 입에서 나도 모르게 "촌스럽게." 하고 혼자 중얼거리며 그 모습들을 보고 지나갔었다.

세월이 많이 흘러 이제 그 영도다리도 새로운 다리가 하나 생겼다는 얘기를 들었다. "촌스럽게." 하고 말하였던 나는 부산에서 20년을 살면서 매일 지나다녔던 영도다리를 떠올릴 만한 추억의 사진 한 장이 없다. 지금 생각하면 그 촌스럽다던 영도다리 사진 한 장이라도 있었으면 그때의 추억을 더 되살릴 수 있을 것 같다는 생각을 하게 된다. 그렇지만 그 촌스러운 사진 한 장을 간직하지 못했던 나는 50년이 지난 지금 촌스럽게 사진을 찍을 일이 생겼다.

미국에 이민 와서 34년을 살았던 시카고가 나의 제2 고향이다. 시카고에 있는 우리 집에서 30분이면 차로 갈 수 있는 노벨상 작가 헤밍웨이 생가를 한 번도 가 보질 못했다. 이제 은퇴해서 시카고를 떠나 하와이에 산 지 5년이 되었다. 그런데 나는 며칠 후에 하와이에서 비행기를 타고 헤밍웨이 생가를 방문하기 위해 시카고에 갈 예정이다. 내가 속해 있는 재미수필문학가협회의 '미 중부 인문학 기행' 팀의 일원으로 30여 명의 회원들과 함께하는 여행이다.

헤밍웨이 생가 방문을 시작으로 시카고의 대표적인 건축가 Frank Lloyd Wright의 건축물과 생모와 합법적인 결혼을 한 특이한 작가 John Dos Passos 및 시카고 문인 그룹의 발자취를 돌아보려 한다. 누구나 한번쯤 읽어본 《톰 소여의 모험》을 쓴 해니벌 미조리(Hannibal Missouri)에 있는 작가 Mark Twain의 박물관, 극작가 Tennessee Williams의 생가와 성장기 유적지와 묘지도 방문할 것이다. 미국 16대 링컨 대통령의 생가와 청년 시절의 집을 방문하고, 또 중학교 때 누구나 애창했던 〈금발의 제니〉 〈켄터키 옛집〉 〈오 수산나〉 등을 작곡한 미국 민요의 아버지라 불리는 작곡가 Stephen Collins Foster의 기념관, 노벨 평화상을 탄 민권 운동가인 마틴 루터킹 목사의 피살 유적지 Lorraine 모텔과 박물관을 돌아보려 한다. 죽은 후에도 돈을 많이 번다는 멤피스 테네시에 있는 Elvis Presley의 집과 박물관, 노벨상과 퓰리처상을 두 번이나 탄 작가 William Faulkner의 생가와 집과 묘지 방문 등 버스로 여러 주를 여행할 계획이다.

시카고는 미국 3대 도시 중 하나로 많은 사람이 선호하는 관광지인데 34년을 살았던 나는 시카고를 추억할 만한 그럴 듯한 사진 한 장이 없다. 시카고에 관광을 오는 사람이면 들르는 관광 코스의 하나로 얼마 전까지 세계에서 제일 높은 빌딩인 유명한 윌리스 타워와 모두가 바다라고 착각하는 아름다운 시카고의 미시간 호수는 한국에서 지인들이 오면 으레 구경을 시켜 드렸지만 그곳에서 찍은 사진도 없다. 오래 살았던 곳이라 너무 무심하게 보냈고 멋을 내어 사진 한 장 찍을 마음의 여유가 없었던 것이다. 그것은 촌스럽지 않으려고 그런 것이 아니었다. 일중독에 걸린 것처럼 왜 그리 바쁘게 살았는지 지금 와서 돌아보니 후회된다. 사람이 태어나서 죽은 후 후세에 이름을 남긴 작가, 건축가, 극작가, 미국의 노예 해방을 한 대통령, 사랑받는 음악가, 민권 운동가, 노벨상과 퓰리처상을 두 번씩이나 탄 작가 의 일생을 눈으로 볼 기회를 가지게 된 것이 얼마나 귀한 기회인가를 생각하며 가슴 설레는 '미 중부 인문학 기행'에 많은 기대를 한다. 이제 다시 시카고를 방문하면 촌스럽게 사진을 좀 많이 찍어서 추억의 앨범을 만들어 볼까 한다. 시카고에 사는 사람들이 나를 보고 '촌스럽게.' 하고 중얼거릴지라도.

오랜 세월이 지난 후에 앨범 속 장면 하나하나를 추억하며 아름다웠던 인연들을 떠올리면서 나만의 행복한 미소를 간직할 것이다.

# 작은 선행

아이들 키우면서 사업도 하느라 자신을 돌아볼 시간을 가져보지 못했다. 어느덧 아이들도 장성하고 손주도 여럿인 할머니가 되었다.

이제 은퇴하고 30년 넘게 살아온 시카고를 떠나 하와이로 와서 홀가분한 마음으로 내 자신을 돌아볼 시간을 갖게 되었다. 하고 싶었던 공부와 꿈으로만 간직했던 일들을 하나하나 찾아내어 시작했다.

우선 시간이 없어 돌보지 못했던 나의 건강 진단부터 했는데 다행히 건강에 치명적인 문제를 일으키는 병은 없으니 얼마나 감사한지. 그리고 나쁘게 진단 나온 부분도 많이 호전시키고 있다.

또 미국에서 오래 살았으면서도 항상 영어에 부족함을 느끼고 공부를 더하고 싶었던 소원을 풀기 위해 학교에 다닌다. 음악을 좋아하기에 합창단에 들어가 매주 2시간씩 연습하러 다닌다. 일 년에 2번에서 4번 정도 공연을 한 지도 5년이 넘었다. 운동 역시 먹는 비타민처럼 매일 조금씩 하던 것을 학교가 방학하면 에어로빅, 단 요가, 스트레치 댄싱, 수영 등도 하고 있다.

하와이는 겨울이 있긴 하지만 최저 온도가 화씨 70도를 웃도는 좋은 날씨로 바다에서 수영할 수 있는 날씨이다. 언제부턴가 나는 우리 동네에 있는 카이루아 비치 팍 모래사장을 일주일에 한 번 정도는 새벽 동트기 전에 나가서 2시간 정도 맨발로 걷는 것을 즐긴다. 먼동이 터오기 시작하면 바다 위로 피어오르는 찬란한 색채에 감탄이 절로 터져 나오고 엄숙할 정도로 장엄한 일출의 신비로움에 넋을 잃곤 한다. 일출은 어제의 피로를 말끔히 씻어 주는 청량제 역할을 한다. 나는 자연의 신비함에 감사 기도를 드리곤 한다.

그날도 맨발로 모래사장을 걷고 있는데 저만치서 나를 향해 오고 있는 두 여인이 있었다. 이곳에서 마주치는 사람들은 맨손이라든가 아니면 귀에다 이어폰을 꽂고 음악을 들으면서 걷는다. 그런데 그녀들은 비닐봉지를 들었는데 걷다가 엎드려서 무언가를 주워 담곤 하였다. 가까이 가서 인사하며 보니까 그 비닐봉지 안에는 플라스틱 포크, 병뚜껑, 나뭇조각, 비닐 물병, 도시락 껍데기, 비닐 조각 등 이곳 모래사장을 해치는 것들이었다.

이곳에 가끔 오바마 대통령이 휴가를 와서 쉬었다 간다. 조그만 동네가 오바마 덕에 이름이 나서 지금은 많은 관광객이 찾아오고 있다. 그러나 주민들은 관광객이 찾아오는 것을 반가워하지 않는다. 아름다운 비치 팍이 오염되고 훼손이 될까 염려스러워서이다.

그래서 주민들이 공청회를 열어 이 비치 팍에서는 상업 행위를 할 수 없도록 결정했고 관광버스가 들어오지 못한다. 그런데도 많은 관광객들은 일반 버스를 이용하여 삼삼오오 또는 10명 정도 무리를 지어 이곳을 찾는다. 그러다 보니 관광객들이 와서 음식을 먹고 내버린 것이 때로는 파도에 실려 와 모래사장에서 쓰레기로 발견된다. 두 여자들이 모래사장을 걸으면서 그것들을 비닐봉지에 담아 쓰레기통에 버리는 일을 하고 있었던 것이다.

조그만 선행, 두 여인이 하는 일을 일컬음이다. 아름다운 자연을 즐기면서 훼손하는 사람이 있는 반면, 조금이라도 가꾸고 보존하기 위해 이렇듯 작은 선행을 하는 사람도 있다. 누가 뭐라고 해도 미국은 기부 문화가 활발해서 세계의 가난한 나라와 기아를 퇴치하는 데도 앞장서는 맏형, 맏언니 같은 나라이다. 또 이렇듯 방방곡곡에서 눈에 보이지 않게 봉사하는 사람이 많은 나라다.

나라 사랑 이웃 사랑을 실천하는 작은 선행의 사람들이 있으므로 세상은 더욱 아름답고 살 만하지 않은가. 그녀들을 만난 그 다음부터 나도 비닐봉지를 가지고 모래사장을 걷는다. 왕복 두 시간을 걷다 보면 어느새 비닐봉지가 가득 차 그것을 쓰레기통에 버린다.

제인과 이레인 두 여인을 통해 나도 착한 일을 하는 일원이 되었다. 나는 작은 선행을 하며 느끼는 잔잔한 행복의 맛을 알게 해 준 두 친구를 얻게 되었음에 감사한다.

오늘도 비닐봉지를 챙겨 카이루아 비치 팍 모래사장을 걷기 위해 아침 일찍 집을 나선다.

# 바다에서의 침례식

나는 기독교 채플 시간이 있는 대학에 1년을 다녔다. 그때는 '사람과 신앙'이라는 과목의 학점을 따기 위해 부수적으로 채플 시간에 참석해서 예배를 드려야 했다. 신앙의 깊이도 없었고 말씀에 은혜를 받지도 못하고 형식적으로 지냈다.

결혼한 후 집 근처에 있는 교회를 나가기 시작하면서 성경 공부를 본격적으로 해 말씀을 알게 되고 은혜를 받았다. 차츰 믿음도 생기고 내가 얼마나 주님의 사랑을 받고 있는지 깨닫게 되었다.

그러나 세례를 받는 날이면 나는 일부러 교회를 나가지 않았다. 왜냐하면 세례를 받으면 새로 태어난다(Born Again)고 했다. 즉 'Born Again' 하고 나서 죄를 지으면 큰일 나는 줄 알았다. 나도 모르게 죄를 짓지 않고 산다는 것이 얼마나 어려운가를 알고 있었기 때문에 겁이 났다.

얼마 후 이민을 간다고 준비를 하던 중에 목사님께서 우리 집에 오셨다. 미국에 이민 가는 준비가 다 되었느냐고 물으시기에 거의 다 되어 간다고 대답했다. 나는 그때 1977년 부활절 지나 일주일 후에 한국을 떠나기로 되어 있었다. "이번에도 세례를 안 받으시겠습니까? 무슨 배짱으로 그 멀리까지 온 가족을 데리고 무얼 믿고 있기에." 하시는 것이었다. '무슨 배짱으로'라는 목사님 말씀에 나는 갑자기 뒤통수를 한 대 얻어맞은 기분이었다. 해마다 부활절이 오면 미리 세례 문답을 하고 부활절 날 세례를 받는 것이 연례행사가 되었다. 마침 그때 오랫동안 중단되어 있던 성전 건축을 완공해서 헌당 예배를 드리기 전에 부흥회가 있었다.

'보라, 새롭게 되었도다'라는 제목으로 3일 동안 부흥회가 있고 난 뒤였다. 세례에 대한 마음의 준비가 되어 있지 않은 상태에서 세례 문답 공부를 하고 부활절 전날 저녁에 교회로 세례 문답을 하러 갔었다. 장로님 한 분과 목사님 앞에서 나도 모르게 울기 시작했다. 창피한 줄도 모르고 흐르는 눈물을 주체할 수가 없었다. 나는 세례를 받으므로 주님의 자녀가 되는 자격도 부여받고, 내가 있을 거처를 마련한 후에 나를 데리러 오시겠다고 약속까지 하시고 계시는 데 나는 감격했다. 내가 무엇이기에 이런 사랑을 받을 자격이 있는가. 자신을 돌아보면서 감사하고 감사해서 울고 또 울었다.

세례를 받고 나는 아들 둘과 딸 둘, 남편과 나 6명의 가족이 한국에 있는 재산을 다 두고 법적으로 허용한 사천사백 불(어른 한 명당 천불, 아이들 한 명당 육백 불)을 들고 미국 이민 길에 올랐다. 그때는 돈을 몰래 숨겨서 미국에 들어오는 것이 발각되면 돈을 다 뺏기고 감옥에도 가는 일이 있었다. 나는 아는 사람 하나 없고 친척도 없는 곳인데 주님과 동행한다는 뿌듯한 마음으로 두려움과 걱정도 없이 편안한 마음으로 미국으로 오게 되었다. 입에서는 항상 찬송이 멈추지 않고 든든한 기둥이 되시며 버팀목이 되시는 주님을 의지하며 미국 이민 생활을 시작했다. 그러나 정착금 사천사백 달러는 우리 가족이 미국에 정착하기에는 터무니없이 모자라는 돈이었다. 이민 생활은 생각처럼 쉽지 않았다. 어려움이 많았지만 그럴 때마다 주님은 내 곁에 계셔 내가 기도함으로 올바른 길을 안내해 주셨고 평안을 주셨다. 희망도 잃지 않고 어려운 이민 생활을 잘 감당하게 하신 것이다. 지금은 모두가 하나님의 은혜임을 알게 되었고 감사하고 있다.

어느덧 아이들도 다 성장해서 자신들의 생활을 다 잘하고 있으므로 하나님 앞에 감사를 드리지 않을 수가 없다. 이제 은퇴하여 아름다운 하와이에 살면서 카이루아 비치 팍에서 부활절 새벽 예배를 드린 것이 부활절만 오면 기억의 창고에서 나와 그때의 감동을 다시 음미하게 된다.

동트기 전 이른 새벽 카이루아 비치 팍 모래 동산에서 부활절 예배를 드렸다. 300명 정도 모였는데 한국 사람은 내 딸과 나뿐이었다. 새벽이라 제법 쌀쌀했지만, 담요를 두르고 예배를 드리는 사람, 이제 한 살 정도 되는 아기를 안고 나와 예배를 드리는 사람, 꼬마 아이와 어른까지 온 가족이 다 나와 예배를 드리는 모습은 아름답고 보기가 좋았다.

예배가 끝난 후 연이어 바다에서 침례식이 거행되었다. 오랜만에 새벽 바다에서 아름다운 침례식을 보았다. 바닷물은 새벽이라 차가웠으나 아랑곳하지 않고 목사님 두 분이 쉬지 않고 침례를 주셨다. 틴에이저들이 많았고 어른도 있었으며 온 가족이 다 함께 침례를 받기도 하였다. 참으로 감격스러운 장면이었다.

우리 주님이 요단강에서 세례 요한에게 침례를 받으실 때 하늘이 열리고 비둘기가 내려오고 하나님 아버지의 음성이 들렸을 듯한 환상을 그리기도 했다. 세상이 험하고 어지럽다고 해도 이렇게 침례 받는 사람들이 많아질수록 세상도 아름답게 변화되고 더불어 살 만한 세상으로 변화되지 않을까.

나는 세례를 받은 후엔 항상 성령님이 나와 함께하신다는 것을 깨닫게 되었고 말씀과 어긋나는 삶을 살지 않으려고 버둥거리고 살아왔음을 고백하지 않을 수 없다. 세월이 갈수록 하나님께서 나를 향한 바람이 무엇인지 매일의 삶 속에서 찾아내어, 그날그날을 성령님께 의지하며 진정한 크리스천으로 살아간다는 것이 얼마나 힘들다는 것도 알게 되었다.

그러나 이 모든 것이 내 의지로 되는 것은 아니라는 것도 알게 되었다. 어려움이 닥쳤을 때도 절망하지 않고 기도하며 주님의 음성을 들으며 평안을 얻었을 때 하나님 은혜에 감격해서 행복했다. 나의 삶을 주님이 주관하시며 지난 일들도 예비해 두시고 개입하신 것을 나중에야 깨닫게 되었을 때 지난날의 아픔과 상처도 다 이유가 있었다는 것을 뒤늦게 깨닫고 감사에 감사를 드렸다.

또 나는 하나님 앞에 항상 죄송한 것은 우리 아이들을 신앙으로 키우지 못했다는 것이다. 이제 성인이 되어 가정을 가지고 아이들의 부모로 살고 있다. 어릴 때 교회를 같이 다니기도 했지만, 지금은 믿음 생활을 하지 못하는 우리 아이들 때문에 우리 아이들이 하늘나라의 소망을 가지고 믿음의 길을 가기를 소원하는 것을 제목으로 기도를 계속하고 있다.

나는 이 부활절 아침에 카이루아 비치 팍에서 침례 받은 사람을 축복하며 험한 세상에서 크리스천으로서 살아남기 위해 험난한 길이 올지라도 주님 의지하며 말씀 붙들고 천국의 소망을 가지고 성실하게 살아가기를 기도하며 40년 전 한국에서 내가 세례를 받은 날을 기억한다. 바다 위로 떠오르는 태양은 마치 침례 받은 사람들을 축복이라도 하는 듯 아침 일출의 신비한 빛살을 펼쳐 들고 아름답게 바다를 물들이고 있었다.

# 봄비 내리던 날

아침에 교회 갈 때는 흐리던 날이 예배를 마치고 나오니 제법 굵은 비가 쏟아졌다. 일기 예보가 맞았다. 오늘이 낮과 밤의 길이가 똑같다는 춘분(春分)이다. 24절기 중 4번째 절후로서 경칩(驚蟄)과 청명(清明) 사이에 들어 있다. 기온이 급격히 올라가며 춥지도 덥지도 않아서 일 년 중 농부들이 일하기에 가장 좋은 때다. 이 시기를 두고 옛사람은 "하루를 밭 갈지 않으면 일 년 내내 배부르지 못한다."고 했다. 이날을 농경일로 정하고 씨앗을 뿌렸다. 춘분은 봄 절기의 시작이며 음력 2월 중에 들어 있어 바람이 많은 2월의 꽃샘추위로 인해 "꽃샘에 설늙은이 얼어 죽는다."라는 속담도 있어 아직 추울 때다. 사실 나는 이날을 기다리고 있었다.

작년 가을에 받아 두었던 꽃씨와 채소 씨앗을 뿌리기 위해 지난주 날씨가 따뜻하기에 땅을 한 번 파서 다 뒤집어 놓았기 때문이다. 나는 꽃을 좋아해서 봄이 시작되는 춘분이 오면 씨를 뿌린다. 특별한 비료를 주지 않고 내가 만든 자연 비료를 봄과 가을에 준다. 여름엔 수박과 참외 껍질, 채소를 다듬고 난 찌꺼기와 녹즙 찌꺼기를 뚜껑 있는 큰 플라스틱 통에다 모은다. 한여름 내내 모아 둔 찌꺼기는 눈이 오기 전에 땅을 30cm 정도 깊이 파고 묻는다. 겨우내 눈이 내리고 언 땅이 풀릴 때쯤이면 모아 두었던 채소 찌꺼기를 새봄 씨 뿌리기 전에 한 번 더 땅속 깊이 묻는다. 꽃밭에는 비료를 사용하지만 상추나 깻잎 오이 호박 토마토까지 주로 먹거리는 이런 식으로 거름을 만들어서 준다. 내 방식의 무공해(Organic) 거름이다.

텃밭을 일구고 꽃을 키우는 것을 좋아해서 해마다 잘 자란 상추나 깻잎들을 친지들이나 이웃과 나누어 먹는다. 모두가 하는 말이 시장에서 사 먹는 것과는 맛이 다르단다. 연하고 부드럽고 고소한 맛이 나며 신선하단다. 해마다 나는 주로 비가 오는 날을 택해 씨를 뿌린다. 빗물이 스며들어 땅속 흙이 부드럽고 씨앗 역시 마른 흙보다는 젖어 있는 흙에서 싹을 틔우기 좋을 것 같아서다. 올해는 춘분날에 비까지 와 주어 안성맞춤이다.

그런데 한 해는 씨를 다 뿌린 다음 날 변덕스러운 시카고 날씨로 새하얗게 눈이 내려 눈밭을 만들어 버렸다. 눈은 하루가 아니고 3일을 계속 내렸다. 이제 씨가 다 얼어 죽겠구나. 몇 날을 두고 밭을 바라보며 "올해 텃밭 농사는 실패다."라고 혼자 중얼거리며 세상에 태어나지도 못하고 얼어 죽은 씨앗들을, 변덕스러운 시카고 날씨를 탓하며 속상했다.

그런 후 한 2주가 지났을까, 눈밭 속에서 연초록의 어린잎들이 예쁘게 얼굴을 내밀고 있지 않은가. 마치 멀리 떠나 생사를 모르던 사랑하는 사람이 돌아온 듯 얼마나 반갑고 사랑스러웠던지. 그 여린 새싹을 향해 너희들 살아왔구나 하며 "반갑다."를 연발했었다.

해마다 텃밭을 일구고 꽃씨를 심은 다음부터는 내 생활이 더 바빠진다. 물도 주어야 하고 예쁜 새싹들이 올라오기 시작하면 잡초도 뽑아 주어야 한다. 또 촘촘히 올라온 것을 솎아 준다.

또 토끼란 놈은 너무도 영리해서 꼭 새로 나온 부드러운 잎만 골라 먹는다. 남편은 이 토끼 때문에 울타리를 만들었다. 딸기도 설익은 것은 먹지 않는다. 빨갛게 익은 것만 먹는데 한 개를 다 먹지 않고 한 입씩 먹으며 이빨 자국을 남기고 또 다른 것을 먹는다. 때로는 화가 날 때도 있지만 내가 "같이 나눠 먹어야지." 하면 남편은 "천사 나왔네." 하며 웃었다.

나는 라디오에서 방송을 했다. 끝 무렵에 꽃모종을 무료로 드린다고 방송을 하면 많은 사람이 모종을 얻으러 온다. 튼실하게 생긴 것을 먼저 보낸다. 그러면서 "잘 키우세요." 하면서 딸을 시집보내는 것처럼 말한다. 어떤 사람은 금방 다 죽었다면서 몇 번씩 얻어 가기도 했다. 어떤 분은 새로 집을 샀는데 집터가 넓어 꽃을 심으려고 모종을 사러 갔더니 꽃모종 값도 싸지가 않더라고 하면서 마침 차 안에서 방송을 듣고 왔노라고 했다. 그 손님은 몇 날 계속 와서 여러 가지의 꽃모종을 얻어 갔다.

생명이 없어 보이는 씨앗을 심어 놓고 그 씨앗들이 생명이 잉태되어 푸른색을 띠면 나도 에너지가 솟아나온다. 그 생명이 자라 예쁜 꽃을 피우고 나에게 풍성한 먹거리를 제공해 주므로 사랑스럽고 고맙다는 생각에 신이 절로 난다.

어느 해 초가을 날이었다. 집을 새로 사서 꽃모종을 많이 얻어 갔던 그 손님이 왔다. 뜰에 코스모스가 만발했단다. 그 코스모스가 피니 내 생각이 났다며 고마워했다. 나는 뜻밖에도 기대하지 않았던 감사의 말을 들으니 기뻤다. 내가 좋아서 한 일인데 꽃이 피면 고마움을 표시하는 사람도 있구나. 살아가는 맛을 더해 주었다. 사업을 하면서 시간이 모자랐지만, 버둥거리며 꽃을 키우고 텃밭을 일구었었다. 이제는 은퇴했으니 마음의 여유가 생겨 올해는 더 재미있게 꽃밭과 텃밭을 일구며 즐길 것이다.

오래전에 나가던 교회 입구에 버려진 땅이 있었다. 다른 사람은 눈에 띄지 않는 것이 자꾸만 내 눈에 들어와서 마음이 편치 않았다. 이 땅에 예쁜 꽃을 심고 가꾸면 많은 사람이 보고 좋아하겠다는 생각에 혼자 꽃밭을 만들기로 했다. 그 다음 날 새벽 기도가 끝나고 사람들이 돌아간 후, 그 밭을 가꾸기 위해 준비해 간 장갑과 장화를 신고 삽으로 땅을 팠다. 땅을 한 번 뒤집어 비료와 새 흙을 섞어 꽃밭을 일굴 생각이었다. 그러나 너무 오래 버려두었던 땅이라 돌덩이처럼 굳어진 흙을 그냥 파기가 힘들었다. 그날은 물을 잔뜩 뿌려 놓고 그냥 왔다. 다음 날 아침 땅을 파니 어제보다 조금은 쉬웠다. 준비해 간 새 흙과 비료를 딱딱하게 굳어진 땅의 흙과 함께 섞어 놓고 왔다. 그 다음 날 꽃모종을 잔뜩 가져가 심었다. 그 딱딱하던 땅이 새 흙과 거름을 주니 아주 부드러워져 일하기가 쉬웠다.

교회 앞의 꽃밭은 내 정성을 말해 주는지 하루하루가 다르게 잘 자라 드디어 아름다운 꽃을 피우기 시작했다. 내버려 두었던 황폐한 땅이 꽃밭으로 변해 많은 교우가 좋아하고 그 앞에서 사진까지 찍으면서 기뻐하는 것을 보니 꽃밭을 만든 보람을 느꼈다. 지금 내가 다니는 교회 옆 커뮤니티 센터 입구에도 가을이 오면 내가 모종해 심은 코스모스가 한들거리며 아름다운 모습으로 많은 사람의 사랑을 받고 있다.

어느 해인가는 그 꽃밭 옆에 작은 집이 하나 있었는데 그 집에서는 내가 깜짝 놀랄 이야기가 전해져 왔다. 연세 드셔서 돌아가시게 된 할머니가 자주 집 밖으로 걸어 나오셔서 꽃들을 즐기시었다고 했다. 할머니는 노환을 이겨 내지 못하고 돌아가셨다고 했다. 하늘나라는 아름다운 꽃밭이 있는 곳이라 하니 가족들의 말을 믿고 편안히 눈을 감으셨다고 했다. 며느님은 꽃밭을 일구고 가꿨던 나를 잊지 않고 기억했다가 감사를 표하는 것이었다.

꽃을 싫어하는 사람이 있을까. 삶이 바쁘고 고달파도 꽃은 잠시나마 위안을 주고 여유를 주는 순진무구한 친구들이다. 탐욕을 지닌 사람에게는 꽃이 무의미할 터이지만 꽃은 아름다움과 향기를 주며 우리의 마음을 풍요롭게 한다.

나는 교회 입구에 꽃밭을 일구면서 느껴지는 점이 또 하나 있다. 세상살이에 찌들어 메마른 마음도 새 흙과 비료를 주어 아름다운 꽃을 피우듯이 사람도 그렇게 될 수는 없을까. 그 땅을 사람과 비교하게 된다. 혼자 담을 쌓아 자신을 묶어 놓고 편협한 마음으로 세상을 보면서 모든 것을 부정적으로 살아가는 사람도 있다. 우연히 꽃밭을 가꾸면서 꽃밭만 가꿀 것이 아니라 내 주위에 황폐한 마음을 가지고 힘들어하는 사람을 보살피는 힘과 용기를 청하며 기도했다. 사람의 강퍅한 마음도 사랑이라는 비옥한 흙이 들어가 마음의 평안을 얻으며 아름다운 향기를 피우는 꽃처럼 행복을 피워 본인은 물론이고 주위의 많은 사람을 기쁘게 할 수 있다면 얼마나 좋을까, 하는 생각을 하며 기대를 하고 사랑의 흙을 뿌리기로 했다.

<꽃보다 아름다운 당신>이란 노래가 있듯이 아무리 꽃이 예쁘다고 해도 사람의 아름다운 마음은 꽃의 향기와 색깔이 따를 수 없을 것이다. 올해도 꽃씨와 채소 씨앗을 심어 놓고 나는 기도한다. 햇빛은 하나님께서 주시니 물 주기와 잡초는 내가 책임질 게요. 나는 연두색 연한 어린잎들이 올라오면 이웃의 새들을 불러 Home Coming 파티를 할 것이다. 새들의 아름다운 합창에 맞춰 '너희들 올해도 나를 찾아왔구나.' 반가워하며….

# 어머니날은 왜 생겼나

헬레나 할머니는 아들 다섯에 조카딸 하나를 합쳐 여섯 명을 잘 키운 분으로 우리 젊은 이민 세대들에게 존경을 받았다. 한국에서 남미 이민의 문이 처음 열렸을 때 맨 처음으로 배를 타고 파라과이에 도착한 남미 이민의 첫째 주인공이다. 그곳에서 조그만 선물 가게를 시작해서 억척스럽게 돈을 벌어 나중엔 백화점에 가까운 선물 가게를 했단다.

열악한 환경 속에서 아이들 교육 때문에 미국에 오기를 마음먹고 계획을 세워 아이들 하나하나를 미국에 심기 시작했다. 7년에 걸려 모두가 다 미국에 정착하게 되었다. 자기가 낳은 아들 다섯에 조카딸 하나까지 여섯 명을 다 공부시켰다. 나이에 비해 일을 열정적으로 했고 영어가 서툴러 애를 먹는 일이 있으면 영어 사전을 옆에 놓고 상대가 이해할 수 있을 때까지 남에게 도움을 청하지 않고 혼자 해내는 분이다.

그런 가운데도 책 읽기를 좋아해서 항상 그 할머니 방엔 조그만 도서관을 방불케 할 정도로 책들이 가득 차 있었다. 바쁜 가운데도 책을 옆에 끼고 살았다. 헬레나 할머니의 삶은 하나 흐트러짐이 없었으며 삶에 대한 열정이 남달리 대단했고 생각이 긍정적이었다. 아무리 어려운 일이 닥쳐도 실망하지 않고 그 일을 해냄으로써 성취감을 느끼는 분이었다. 우리 젊은 이민자들의 모범이다.

다섯 아들과 조카인 딸 하나를 결혼까지 시켰다. 모두 다 어머니를 중심으로 해서 각자 가정을 이루어 어머니와 그리 멀지 않는 곳에서 살고 있었다. 고국을 떠나 타국에서 이민자로서 성공의 삶을 살았다고 자부할 수 있을 정도였다. 나이가 들어 은퇴한 후 소련으로 여행을 가며 혼자 여행 계획을 하고 다녀왔다. 무슨 일이든 혼자서 해내는 분으로 옆에서 보니 감탄이 절로 나왔다. 어디서 그런 용기가 나는지 대단하고 부러웠다.

그런 분이 하루는 어머니날은 왜 생겼는지 모르겠다고 푸념했다. 얘기를 들어본 즉 어머니날 아침 세 아들에게서 전화가 계속 왔단다. 어머니날이니 아이들 데리고 어머니께 가겠다는 것이었다. 전화벨 소리에 콧노래를 부르며 평소 아들들이 좋아하는 음식을 만들기에 행복했었단다. 음식을 다 만들어 놓고 기다리는데 오겠다는 시간이 다 되어도 한 사람도 나타나지 않았다. 혹시 이제나 올까 하고 바깥을 내다보며 음식을 불에 올려놓았다 내려놓았다 하는 일을 반복했다. 그러다 보니 음식이 졸고 기다리다 배가 고파서 소리를 냈다. 어느덧 바깥은 어두워지고 있었다. 마침 전화벨 소리가 울렸다. 셋째

다. "어머니, 죄송해요. 집사람이 일이 생겨서 시간 내에 도착이 어려워 못 가겠어요." 연달아 둘째 아들에게서 전화가 왔다. 아이들 레슨 때문에 바빠서 못 오겠다는 것이었다. 아침부터 어머니날이라고 오겠다고 전화했던 아들들 하나하나가 다 이유가 있어 못 오겠다는 전화였다. 헬레나 할머니는 온종일 곪은 배를 쥐고서 나에게 전화를 했다. 어머니날은 왜 생겨서 나를 곪게 하는지 모르겠다고 푸념을 하는 것이었다.

나 역시 아이들이 어렸을 때 백화점을 운영하며 아이들 넷을 피아노, 바이올린, 첼로, 플루트 등을 열심히 가르쳤다. 방학이 되면 골프, 테니스, 유도, 태권도 등 정신없이 아이들을 위해 앞만 보고 달릴 때였다. 그러면서 헬레나 할머니는 내가 지금 사는 모습이 당신께서 젊었을 때 아이들을 위해 정신없이 달렸던 모습과 너무도 닮았다고 했다.

적당히 해요. 평생을 바쳐 잘 키운 자식들도 자기 생활에 충실하다 보니 자기는 어머니날도 쫄쫄 곪었노라고 했다. 일 년에 한 번 날을 정해 놓고, 그날만이라도 부모를 섬기라고 한 날이 이렇게 쓸쓸히 지내는 날이 되었다. 지금은 돌아가시고 안 계시지만 헬레나 할머니의 모습이 한국에 계신 내 어머니의 모습같이 생각되었다.

어머니날이 와도 멀리 산다는 핑계로 전화로 한마디하고, 선물 하나 보내 놓고 내 살기에 바빠 허둥대던 생각을 하며 헬레나 할머니의 모습이 내 어머니를 보는 것 같아 마음이 아팠다. 내 어머니는 고명딸인 나 하나와 아래로 아들 넷을 남들이 부러워할 정도로 잘 키우신 분이다. 자신의 자식들만이 아니고 친척들 아이들까지 등록금이 없어 학교에 못 가면 그 등록금을 다 마련해 주셨다. 배울 때를 놓치면 안 된다고 하면서. 그러나 어머니 당신은 자신에겐 준엄하게 사셨고, 자신을 위해 쓰시는 돈은 굉장히 인색했다. 죽으면 썩어질 몸인데 하시면서 조금 아픈 것은 참으시고 많이 아파야 약을 사다 잡수셨다. 이제는 나도 은퇴했다. 아이들도 다 커서 가정을 이루고 손자들도 있다. 은퇴 후 첫 번째 맞이하는 어머니날 나도 굶지 않을지 모르겠다.

# 좋은 생각, 좋은 말, 좋은 글

사람은 어머니 뱃속에서 나올 때 '으앙으앙' 소리 내어 세상에 태어났음을 알린다. 한 달이 넘고 두 달쯤이면 옹알이를 한다. 무슨 뜻인지는 모르지만 작은 입을 오물오물하면서 아기들만 아는 아기들 나라의 말이다. 유년기를 지나 유치원을 시작으로 학교에 다니고 또 성인이 되어 하는 말은 그 사람의 인격을 이루게 된다. 교육을 전혀 받지 못한 환경에서 자랐다 할지라도 인간은 혼자 살 수 없는 사회적인 주체성을 갖고 있기 때문에 그 사람이 처한 환경에서 영향을 받게 되며 그 속에서도 그 사람 나름대로 인격 형성을 이루게 된다. 즉 사람은 개별적인 존재이면서 여러 사람과 어울려 살아야 하는 사회적인 존재다. 자신이 원하든 원하지 않든 주위의 환경에 영향을 받게 되고 아울러 영향을 준다. 이런 과정을 거치면서 일상 중에 주고받는 말이 우리들의 인격 형성에 상당히 많은 몫을 차지한다는 것을 알게 된다. 아무리 많이 배웠다 하더라도 그 사람이 하는 말이 거칠고,

악하고, 천한 말, 거짓말을 한다면 그 사람의 인품이 추하게 추락한다.

오래전의 일이다. 나는 사업상 한국의 상품을 수입하기 위해 일년에 한두 번 고국을 방문했다. 한 해는 마침 내가 방문한 시기에 세계 각국에서 재외 교포들이 많이 왔다. 주로 고국에서 상품을 수입해다 파는 사람으로 대부분 사업가다. 마침 그때 '세계 지도자 대회'가 있어 주최 측의 권유로 바쁜 일정을 쪼개어 참석했다. '세계 지도자 대회'라는 타이틀에 맞게 이 대회에 참석하는 사람이 과연 지도자로서 인격들이 갖추어진 사람들일까 하는 생각이 들었다. 나부터 영어울리지 않는다고 생각했다. 즉 나 자신이 지도자로서 남 앞에 당당하게 서기에는 많이 부족한 사람이라는 것을 알기 때문이었다. 그런 마음으로 참석한 회의는 생각보다 내용이 좋았고 회의 장소도 경기도 이천에 있는 어느 기업체의 사원 교육 시설로 분위기가 있었다. 우선 우리를 대접해 주는 그곳 사람들의 정성스러운 섬김의 자세는 마음 한구석에서 감사함을 느끼며 참 잘 참석했다는 생각을 하게 되었다.

회의가 끝나기 하루 전날 저녁 경기도 이천 시장님께서 베풀어 준 만찬에 모든 일행이 참석했다. 세계 각국에서 온 사람이 150명 정도였는데 그중 여자는 30명가량이었다. 만찬이 끝나고 2차로 여흥이 시작되었다. 미국 어느 주(state)에서 오신 분이 나와 진행을 했는데 마이크를 잡더니 음담패설을 했고 완전히 저질의 유흥장의 분위기로 만들어 버렸다. 여흥이라고는 하지만 분위기가 너무 역겹고 모멸스러웠으나 일행이 버스를 타고 동행했으므로 혼자 뛰쳐나올 수가 없었다. 나는 그날 저녁 먹은 것도 소화를 시키지 못하고 잠도 못 자고 밤을 꼬박 새웠다. 그 이튿날 나는 다음 해를 위해 진행된 회의에 대해 평가를 하는 시간에 나도 모르게 150명이 모인 그 회의장 단상에서 말을 하게 되었다. "본래 '세계 지도자 대회'는 이렇게 하는 것입니까?"라고 되물으며 어떤 여자가 이런 대회에 다시 오겠느냐고 했다. 나는 그 이후로 그 대회에 다시는 참석하지 않았다. 그 모욕감과 더러운 기억은 세월이 오래 흐른 후에도 잊히지 않는다.

얼마 전 내가 속해 있는 여성 단체장이 모임에서 저질의 음담패설을 한 적이 있었다. 그때도 나는 남자도 아닌 여자가, 그것도 예수를 잘 믿는다고 늘 입으로 자랑하는 집사라는 사람이 신자인 단원 앞에서 태연히 늘어놓는 음담패설을 듣고선 아연실색했다.

법정 스님은 "말은 생각을 담는 그릇"이라고 했다. 공적인 모임에서 그런 품위 없는 말을 함부로 할 수 있는 것은 그 사람의 생각을 담는 그릇이 그만큼 품격이 낮은 사람인 것을 드러내고 마는 것이다. 아울러 그런 말을 들어야 하는 사람들의 고통은 아랑곳하지 않은 것이니 그것은 어김없는 언어 공해다. 넥타이를 매고 신사 차림을 한 사장과 화사하게 화장과 예쁜 장신구로 치장을 하고 자동차 뒤 트렁크에 골프채를 넣고 다니는 여성 단체장도 그들 입에서 나오는 천박한 말들은 시궁창에서 악취를 뿜어내는 것과 다름이 없다. 질이 낮은 언어로 자신의 인격을 송두리째 땅에 떨어뜨리고 더러운 기억으로 사람들에게 남게 된다면 그것도 바람직할 수 없다.

또 나쁜 글을 써서 개인에게 상처를 입히고 사회나 국가를 혼란 속에 빠트리는 경우도 있다. 심지어 자기 이름은 숨기고 경쟁 업체의 사장을 모함하고 비방하는 글을 써서 언론사에 투서했다가 문서 감정을 함으로써 발각된 사람도 있다. 이런 사람이 연말만 되면 많은 동포의 돈을 모금해서 자신이 불우 이웃 돕기를 한다고 갑자기 기부 천사로 둔갑해서 설치는 모습은 우리 사회에 덕이 되지 않는다. 모함과 비방의 글 자체도 말할 수 없이 추하고 비열하지만, 그 내면에 도사리고 있는 비양심적인 인간성을 회복하지 않고선 다른 사람의 돈을 이용한 천사 행위는 위선이며 연극에 불과하다.

여러 사람이 모인 단체에서도 자신의 뜻과 부합이 되지 않는다고 전체 회의에서 결정된 사항도 자기 이름 내기에 미치지 못하면 마치 단체가 개인의 전유물인 양 글로 폭언을 남기는 위험한 행위는 물론, 책임질 수 없는 악한 글을 써서 상대방에게 상처를 주는 사람도 있다.

총으로 입은 상처는 치유가 되나 말로 또는 글로 입은 상처는 치유하기가 어렵다. 두고두고 아물기가 힘들다. 왜냐하면 한번 내뱉은 말과 활사화된 글은 지우개로 지울 수 없기 때문이다.

때에 맞는 말 한마디와 글로 사람을 살릴 수도 있고, 모함과 비방의 말과 글로 인해 사람을 죽일 수도 있다. 인터넷에 악성 댓글로 인해 우리가 사랑하던 연예인을 비롯한 여러 사람을 자살에까지 몰아붙였던 사건은 우리가 다 잘 알고 있다.

"말은 그 사람의 혼"이라고도 한다. 맞는 말이다. 인간에게만 있는 spiritual이다. 그 사람의 혼이 맑고 깨끗해야 좋은 생각, 좋은 말,

좋은 글을 쓸 수 있다. 여러 사람과 더불어 사는 세상, 우리에게 주어진 시간을 좋은 생각에서 나오는 좋은 말과 좋은 글을 써서 많은 사람에게 기쁨과 이로움을 준다면 그것이 바로 내가 세상에 태어난 보람이기도 하다. 글을 쓰는 사람은 아름다운 마음과 말을 남기려 심성을 도야하는 외로운 나그네다.

"그런즉 거짓을 버리고 이웃으로 참된 것을 말하라. 무릇 더러운 말은 너희 입 밖에도 내지 말고 오직 덕을 세우는 데 소용되는 대로 선한 말을 하여 듣는 자들에게 은혜를 끼치게 하라. 서로 인자하며 불쌍히 여겨라."(성경 엡4: 26-32)

오늘따라 성경의 이 말씀이 더욱 더 내 마음을 파고든다.

# 우리들의 노래방

A~B~C~E~F~G. 3살짜리 아씨가 목청을 높여 신나게 〈ABC Song〉을 부른다. 노래가 끝나면 "Excellent, Good job." 하며 우리들은 손뼉을 치며 칭찬을 했다. 그러면 평소 유치원에서 배운 노래가 계속 이어진다. 〈튜윈클 튜윈클 리틀 스타(Twinkle Twinkle little star)〉도 부르고, 〈베베 블랙 쉽(bae bae black sheep)〉도 부른다. 아씨는 나이가 어려 한국 학교를 가지 못해 한국 노래를 잘 못 부른다.

그러다 보면 6살짜리 에브너도 질세라 노래를 부르기 시작한다. 한국 학교에서 배운 한국 노래를 부르는데 〈애국가〉를 좋아한다. 〈애국가〉를 부르고 나면 "두껍아, 두껍아 헌 집 주께 새집 다오" 하며 노래를 부른다. 그러면 옆에서 3살짜리 아씨는 두껍아 발음이 잘 안 되어 "쭈꺼바, 쭈꺼바" 하고 함께 노래를 부른다.

매주 토요일 아침 애브너는 한국 학교에서 한글을 배운다. 집에서 한국 학교에 가려면 자동차로 30분을 가야 한다. 에브너를 등교시키기 위해 자동차를 타고 가면서 자동차 안에서 노래를 부른다. 즉 자동차 안이 우리들의 노래방이 된다.

　그러다 보면 3살짜리 손녀 아씨는 할머니 차례라면서 나보고 노래를 부르란다. 그런데 무슨 노래를 불러야 하는지 아씨에게 물어봐야 한다. 레퍼토리를 정해 주는데 그 정해 준 노래를 불러야 한다. 그 정해 주는 노래가 자기가 부른 〈ABC 송〉이나 〈Twinkle Twinkle little star〉 노래도 있고, 다른 노래도 정해 주면 내가 잘 모른다고 한다든가, 어떤 때는 노래를 일부러 틀리게 부르면 "할머니, 아 윌 티치 유.(I will teach you.)" 하며 노래를 똑바로 가르쳐 준다.

　매주 토요일 한국 학교 가는 날 아침 자동차 안은 우리들의 노래방이 된다. 한참 웃고 노래하고 하다 보면 어느새 학교에 도착하게 된다. 티 없이 맑은 소리, 때 묻지 않은 순수함에 젖어 한참 노래하고 웃다 보면 나도 3살, 6살 어린아이가 되어 버린다. 토요일 아침 우리들의 노래방인 자동차 안이 내 마음을 맑게, 내 기분을 밝게 해 주는 청량제다. 기쁜 토요일의 시작이다.

# 사랑 짜깁기

　나는 한국에서 아들 둘 딸 둘을 낳아 큰아들이 초등학교 2학년 될 무렵에 미국에 이민을 왔다. 한국에서 약사로서 약국을 경영하고 있었기 때문에 시간적 여유가 그리 많지 않았다. 아이들이 자라 아장아장 걷기 시작하면 짬이 날 때마다 내 손에서는 뜨개질 실타래와 코바늘이 부지런히 움직였다. 지금 기억으로는 아들아이보다 딸아이에게 입힐 옷들을 철철이 내 손으로 떠서 입혔다. 이 뜨개질로, 아이가 유치원에 갈 때 매일 입고 가는 옷들을 세상에 단 하나밖에 없는 엄마의 작품들로 입혔더니 다른 엄마들의 부러움을 샀었다.

　봄이면 연둣빛 새싹을 연상하는 색깔로 원피스를 떠서 입히고, 여름이면 공기가 잘 통하도록 카사리 면실로 시원하게 우윳빛 색깔로 무늬를 넣어 원피스를 짜 입혔다. 겨울이 오면 모자에서부터 스웨터, 카디건 코트까지 짜서 입히곤 했었다. 내가 짜서 입힌 옷들은 그냥 옷이 아니라 사랑을 풀어 한 올 한 올 짠 사랑 짜깁기의 옷이었다.

때로는 목덜미와 어깨 결림에 시력까지 나빠지기도 했지만 알 수 없는 매력 때문에 다시 반복했다. 그러던 것이 아이가 초등학교에 들어가면서 이 습관은 멈췄다. 뜨개질이 좋은 것은 아이가 입고 있는 옷의 치수만 안다면 쉽게 만들 수가 있고 혹시 내가 마음에 들지 않으면 다시 풀어서 뜨기 때문에 나는 자투리 시간을 이용해서 약국 일 하면서도 아이들 옷을 짜서 입혔다.

한번은 목도리를 만들 때의 일이다. 완성을 다 하고 보니 처음 시작했을 때의 넓이와 마지막 마무리했을 때의 넓이가 차이가 났다. 육안으로 보기엔 잘 모를 정도였지만 마음이 찜찜해서 며칠을 걸려 짠 목도리를 다시 풀어 짠 적이 있다. 우리 인생살이 역시 살다 보면 이 길이 아닌데 하고 지금의 생활을 후회할 때가 있다. 마지막 인생길에서 되돌아올 수 없으므로 후회할 때에 다시 가다듬고 새롭게 시작하는 것이다. 잘못 짠 것을 다시 풀어 완전한 작품을 만들려고 노력하듯이 우리의 삶도 잘못 들어선 길이 있다면 후회하기 전에 다시 새로운 삶의 길을 가도록 노력해야 할 것이다. 그래야만 알차고 보람된 인생을 살았다고 자부할 수 있을 것이다.

그때로부터 40년이 훌쩍 넘어 사랑의 고리가 이어질 줄이야. 지금 나는 외손녀의 옷을 짜고 있다. 하와이는 날씨가 더우니 시원하게 입을 수 있는 가느다란 면실을 소재로 연한 미색의 원피스를 하나 떠서 입혔다. 포동포동 하얀 피부에 입혀 놓으니 귀엽고 예쁘다. 때 묻지 않은 영혼, 작은 손과 발, 잠투정하느라 칭얼거리는 모습, 뜻을 알 수 없는 재잘거림, 천진하게 자라는 모습을 보면서 앞으로 이 험한 세상을 어떻게 헤쳐 나갈 것인가 마음이 찡해지기도 한다. 이제 나는 막 첫돌이 지난 손녀에게 입힐 또 다른 무지개색 원피스 짜기에 시간 가는 줄 모른다. 아기가 혼자 걷기 위해 2,000번은 넘어졌다 일어났다 한단다. 나의 손을 잡고 한 발 한 발 발을 떼기 시작하더니 어제는 손을 놓고 혼자서 뒤뚱대며 열 걸음을 걷다 넘어졌다. 온 집 안 식구가 첫 번째 혼자 걸음마를 시작한 손녀에게 사랑의 박수로 응원을 보냈다.

이제 세상을 향해 걸음마를 시작하려는 손녀가 완전한 사랑을 풀어 올올이 섞어 짠 세상에 단 하나밖에 없는 내 작품을 입고 아장아장 걸을 것을 생각하면 절로 웃음이 나며 손이 바빠진다. 나는 지금 작품 완성을 위해 피곤한 줄도 모르고 있다.

# 장미꽃 사랑

올봄을 LA의 작은 딸네 집에 가서 보냈다. 앞뒤 정원에 꽃나무가 많이 심겨 있다. 나는 그중에서 아름다운 여러 가지 색을 입고 피어 나는 장미에 유독 끌렸다. 5월이 되면서 장미는 경연 대회에 참석이 라도 하는 듯 다투어 피기 시작했다. 진분홍색, 연분홍색, 노란색, 연 노란색, 흰색, 미색, 진황색, 연황색, 진빨간색, 연빨간색 등 색색 으로 피어나는 장미에 반해 꽃꽂이해서 집 안 곳곳에 놓아 장미 향기 그득한 집 안을 만들었다. 꽃에 따라 피는 기간은 조금 다르기는 해 도 아름답게 만개를 했을 때는 장미꽃 앞에 가서 "너무 예쁘게 피었구 나, 참 예쁘다."라고 말을 걸었다. 그런데 이 아름다움도 며칠이 지나 면 지기 시작했다. 그 모습이 흉해서 언제 내가 아름답게 핀 적이 있었는가 할 정도다.

장미의 아름다운 모습을 좀 오랫동안 간직할 수 없을까. 장미는 한창 아름답게 핀 절정에서 며칠이 지나면 스스로 그 꽃잎이 떨어진다. 그때를 주의 깊게 관찰했다가 장미꽃 송이를 손으로 움켜쥐어서는 신문지에 놓고 꽃잎 하나하나를 펴서 그늘에 말렸다. 보통 3~4일 정도면 꽃잎이 그 색깔을 유지하면서 곱게 마른다.

또 긴 가지째 꺾어 거꾸로 매달아 그늘에 말렸다. 보통 10일 정도 지나야 제대로 말라서 그 모양을 유지한다. '장미야, 너의 아름다운 모습 내가 잊지 않을게.' 나는 기쁨으로 이 작업을 계속했다. 그늘에 말린 장미들은 생화 때만큼은 아니더라도 자신의 색깔을 그대로 유지하면서 아름다운 모습을 간직했다.

투명한 유리병에 각양각색의 말린 장미 꽃잎을 넣고, 길게 말린 장미꽃 송이로는 꽃꽂이를 해서 집 안 곳곳에 두었다. 흉하게 죽어 버린 장미가 아니라 아름답게 피어서 나를 즐겁게 해 준 장미를 매일 만날 수 있었다. 또 하얀 망사로 작은 백을 만들어 그 안에 꽃잎들을 넣고 예쁜 리본으로 묶어 놓으니 훌륭한 선물이 되었다. 손녀들과 주위의 여러 지인께 말린 꽃잎을 선물했더니 너무도 좋아했다. 이번 봄은 장미와 사랑을 나누며 장미의 아름다운 모습을 살리기 위해 내가 아이디어를 낸 것이 참 잘한 것이라고 생각했다. 이렇게 장미와 사랑을 하면서 2018년 5월, 6월을 보냈다.

그런데 나의 몸 전체가 홍역을 치를 때처럼 물집이 생기면서 가렵기 시작했다. 모기한테 물리면 가렵고 부풀어 오르는 그런 피부와는 다르게 가려움을 동반하면서 물집이 생기니 잠을 잘 수가 없을 정도로 심했다. 병원을 찾아 의사에게 진찰을 받았다.

그 진찰 결과가 장미 기름에 의한 독소가 원인이라고 의사는 말했다. 세상에, 그렇게 아름다운 장미에 독이 있다니. 장미 기름으로 만든 화장품도 있고, 장미향으로 만든 향수도 있다. 식용 장미도 있는데….

장미를 너무 좋아하다가 장미가 가지고 있는 독소로 인해 고생하게 되었으니 새로운 사실을 하나 알게 되었다. 의사는 프레드리소론이라는 부신피질 호르몬 계열의 알약 7일 치와 연고를 처방해 주었다. 약은 이틀을 먹으니 조금 좋아지는 것 같아 더 먹지는 않고, 연고는 가려울 때만 발랐더니 7일이 지나 딱지가 앉으면서 낫기 시작했다.

피부병까지 얻은 나는 그래도 장미를 사랑한다. 꽃봉오리를 맺어 활짝 피기까지의 과정 하나하나가 너무도 예뻐 한참 보고 있노라면 나도 모르게 감탄사를 토해 내기 때문이다. "아! 너무도 예쁘다."

장미와 사랑을 나눈 봄, 우리의 삶에 대해서도 생각했다. 인간 역시 한창 아름다운 젊을 때가 있다. 그러다 나이가 들면 탄력을 잃어 피부는 거칠어져 주름지고 기력도 떨어진다. 그러나 꽃과 견줄 수 없는 내면에 존재하는 영혼이 있지 않은가. 맑은 영혼을 유지하려면 내면을 더 튼튼하고 아름답게 가꾸는 데 힘을 써야 할 것이다. 좋은 책도 읽고, 자신의 아집을 내려놓고 상대방을 이해하며 양보해야겠지. 내가 먼저 베풀고 모든 일에 선을 행하며 살다 보면 내면의 아름다움이 장미가 만발했을 때와 견줄 수 있겠는가.

역사 속에서 세기의 절세미인이라면 클레오파트라와 양귀비다. 세기적인 아름다움으로 남자를 유혹하여 자신이 원하는 권력도 쥐고

호화로운 삶을 살았다. 그러나 결국은 남자들 속에서 파란만장하게 살다가 마지막에는 둘 다 자살로 삶을 마감했다. 양귀비는 38세, 클레오파트라는 39세였다. 이 두 여인이 평범했다면 자살로 생을 마감했겠는가. 사람이나 꽃이나 너무 아름다우면 독이 있다. 그냥 지나가는 이야기는 아닌 것 같다.

그동안 살아오면서 많은 사람과 사귀었다. 배우고 물질적으로 풍부하게 사는 사람도 인간으로서의 기본적인 도리를 모르고, 자신의 아집과 교만과 혼자 잘남으로 인해 얌체처럼 세상을 살아가는 사람도 보아 왔다. 내면의 아름다운 인격을 갖추며 산다는 것은 어려운 과제다. 부끄럽지 않은 삶을 살기 위해 냉정하게 자신을 쳐서 올바른 삶을 살아가기 위해 노력을 해야 할 것이다.

장미의 만개한 아름다움에 반해 나 자신의 내면을 들여다보는 계기가 되었다. 나도 내면의 아름다움을 풍기며 살았으면 좋겠다. 멋있고 아름다운 내면을 만들어 가도록 노력하자고 나와 약속한다.

# 아름다운 우정

우정이라는 단어가 떠오르면 생각나는 사람이 있다. 김 사장과 엘리자베스이다. 우리가 미국에 이민을 온 후 사업차 남편이 한국을 나갔을 때 일이다. 오래전부터 알고 지내던 김 사장 내외와 식사를 했다. 그 당시 칼라 TV가 나오기 전이었다. TV가 있는 집은 모두가 안테나를 설치할 때라 그는 안테나 만드는 공장을 운영해서 준 재벌에 가깝게 성공했다.

식사가 끝난 후 김 사장은 조그만 상자 하나를 주었다. 시카고와 미시간은 가까운 곳이니 미시간 유학 시절에 절친이었던 엘리자베스에게 좀 전해 달라고 부탁했다. 그 상자에는 자수정 목걸이와 귀걸이가 들어 있었다.

그는 미국 유학을 꿈도 꾸지 못하던 시절에 미국 미시간 주립대학에 한국 사람으로선 최초로 유학을 하러 갔다. 유학 가기 전에 결혼해서 부인은 한국에 있고 그만 미시간에 가서 공부했다. 영어로 강의를 듣는 것 자체도 어려웠고, 적응하는 데 힘들었는데 엘리자베스라는 백인 여학생이 항상 옆에 앉아서 도와주었단다. 강의가 끝나면 그는 엘리자베스의 노트를 빌려 이해하지 못한 강의를 재차 복습했다. 그러다 보니 대학 생활을 하면서 제일 가깝게 지내는 친구가 되어 많은 시간을 함께했다.

그때만 해도 코리아라는 이름도 생소했고, 가난한 나라에서 공부하러 온 학생이 애처롭게 보였을 것이라고 김 사장은 당시를 회상하면서 이야기했다. 그는 유학 오기 전 결혼해서 내 아내는 한국에 있다는 것을 말했기에 부담 없이 가깝게 지내는 친구로서 사이를 유지했다고 한다.

김 사장님은 만약 자기가 결혼을 하지 않고 총각으로 유학을 하러 갔더라면 분명히 엘리자베스와 결혼했을 것이라고 했다. 그만큼 둘은 가깝게 지냈지만, 무사히 학업을 마치고 그는 한국으로 돌아왔다. 그리고 가끔 편지로 서로 연락을 하면서 30년 동안 변함없는 우정을 쌓아 오고 있었다. 김 사장의 부인도 옛날 남편 유학 시절에 가깝게 지내던 여자 친구로 알고 있었다.

선물을 전해 주기 위해 미시간으로 연락을 했더니 엘리자베스가 시카고로 오겠단다. 어느 날 우리 상점으로 변호사인 남편 존과 엘리자베스 그리고 아들이 찾아왔다. 하얀 피부에 금발인 그녀는 나이답지 않게 순수해 보였고 잘 웃어 그 모습이 해맑았다. 엘리자베스는 옷도 젊은 스타일을 입고 있었다.

아들을 부르는데 'Kim'이라고 했다. 나는 내 귀를 의심하면서 "너의 아들 이름이 Kim이니?" 하고 물었더니 그렇단다. 그리고 하는 말이 남편도 수락해서 친구 Kim의 이름을 따서 지었단다. 함께 온 아들의 나이는 16살이었다. 나는 거침없는 엘리자베스의 이야기를 들으면서 참으로 기가 막히기도 했지만 한편 감동이 밀려왔다. 엘리자베스보다 그 남편 존이 더 훌륭해 보였다.

엘리자베스가 말하는 Kim은 처음에는 자신이 강의 노트를 빌려주었지만, 나중에는 엘리자베스가 그의 노트를 빌려서 공부를 했단다. 항상 엘리자베스와 일, 이등을 다투었다니 둘 다 공부를 잘했나 보다. 엘리자베스가 자수정 선물을 받고서 좋아하는 모습이 마치 소녀 같았다. 아마 그 대학 시절로 돌아갔었는지도 모른다.

그런 후 2년쯤 지나 김 사장이 한국에서 전화를 했다. 9월에 회의가 있어 미국에 가야 하는데 회의가 끝난 후 엘리자베스 가족들을 만나고 싶으니 주선해 달라는 부탁이다. 그래서 미시간으로 연락을 했더니 그녀도 좋다며 시카고로 오겠단다. 김 사장이 드디어 미국에 왔다. 미시간 회의 참석은 5일간인데 함께 온 부인은 우리 집에 있기로 하고 회의를 하는 미시간으로 갔다.

엘리자베스는 시카고 다운타운에 있는 고급 호텔에 방 두 개를 예약했단다. 한 개는 자기 가족이, 다른 한 개는 Kim 가족이 묵을 것이라면서 기대에 찬 목소리가 무척 행복하게 들렸다. 5일 동안 함께 시간을 보내기로 했다면서.

나는 이런 우정은 처음 보았다. 엘리자베스를 보면서 과연 한국 남성이 그녀의 남편이라면 이렇게까지 아내를 배려하며 옛날 애인이

나 마찬가지의 남성과 그 가정을 환대할 수 있을까.

나는 많은 생각을 하게 되었다. 내 남편이 학창 시절에 애인이나 다름없던 여자를 30년이 지나 만났는데 내 남편의 성이 그 여자의 아들 이름이라면 나는 어떤 기분일까. 과연 나는 어떻게 그 둘을 보면서 행동을 할까. 내 좁은 소견이 수용할 수 있을지 생각해 보았다. 엘리자베스의 남편도 보통 사람은 아니고, 그 김 사장의 아내도 마음이 넓은 사람임을 깨닫는다.

그 두 가정이 만나 새로운 추억을 만들며 아름다운 우정이 영원히 지속하기를 바란다. 오랜만에 나도 행복이란 이런 것인가 생각하며 그 두 가정이 만나는 장면을 상상해 본다. 내 마음도 한없이 푸근해진다.

# 그 여자와 아이

추운 도시 시카고에서 33년간 사업하다가 은퇴하고 하와이에서 사는 지도 8년째 접어들었다. 사람들은 하와이를 지상의 낙원이라고 부른다. 사시사철 따뜻한 날씨에 형형색색의 아름다운 꽃들을 볼 수 있고, 여러 종류의 열대 과일이 풍성해서 일 년 내내 먹을 수 있는 곳, 공기가 맑다는 것과 물이 아직도 오염되지 않은 천연수를 먹고 있다는 것만으로도 미국의 어느 대도시와 비교할 수 없는 좋은 조건을 갖추고 있다. 은퇴한 사람이 살기에도 더없이 좋은 곳이다. 하나 흠을 잡는다면 다른 도시에 비해 물가가 비싸 생활비가 많이 들고 주택은 보통 타주에 비해 2~3배 비싼 편이다.

나는 하와이에 사는 지가 8년으로 접어들면서 하와이의 내면을 자연스레 들여다보게 되었다. 어느 도시에서나 볼 수 있는 홈레스가 하와이 공원에도 있다. 피부가 하얀 노랑머리의 백인으로부터 다양한 피부 색깔의 인종들이 모여 한 그룹을 형성하고 있다.

밖에서 보는 지상천국이, 하와이 정부도 손을 다 쓸 수 없을 정도로 홈레스가 점점 많아져 이제 관광객이 제일 많이 드나드는 와이키키 지역은 홈레스가 도로를 점령하지 못하도록 법을 새로 제정하기까지 했다. 하와이 출신들도 있지만 타주에서 온 사람들이 많다. 하와이 정부도 골머리를 앓고 있는 사항이라 정부에서 타주에서 온 홈리스 몇 백 명을 편도 비행기 표를 끊어 그들의 고향으로 보내 준 적도 있단다. 그 돈도 적은 돈이 아니었다. 타주에서 편도 비행기 표로 와서 관광을 하고 돈이 떨어지면 직장을 구하려고 하지만 차일 피일하다가 홈리스로 전락하는 사람이 꽤 된다고 한다. 결국 공원 벤치나 쉘터에서 자게 되는데 해가 갈수록 줄지 않고 있는 실정이란다.

하와이는 9월이 되면 보통 때보다 비가 많이 온다. 겨울을 재촉하는 비인지 올해는 폭풍이 온다는 일기 예보 때문에 폭우와 함께 매일 비가 계속 오고 있다. 재작년 이맘때인가 보다. 그날도 비가 부슬부슬 내리는 가운데 운동을 하기 위해 동네에 있는 레크리에이션 센터로 향했다. 홈리스들은 대부분 남자가 많은 편인데 그날 비를 맞으며 걷고 있던 여자는 눈이 유난히 크고 피부색도 하얗고 이목구비가 잘생긴 젊은 여자였다. 민망할 정도로 중요한 부분 일부를 가렸을 정도로 거의 옷을 벗은 상태였다. 맨발로 비를 맞으며 걷는 한 20대 후반의 젊은 여자는 입으로는 무슨 말인지 혼자서 중얼거리며 배는 임신을 해서 한 8개월 정도로 보였다. 정신이 정상이 아닌 것 같았다. 나는 그날 평소 공원에서 흔히 보는 홈리스와 달리 그 여자를 본 다음엔 걱정이 하나 생겼다. 정신이 정상이 아닌 여자이기 때문에 아기는 어떻게 낳을 것이며 또 어떻게 키울 것인가. 마치 내 피붙이라도 되는 것처럼 불쌍해서 머리가 복잡했다. 내가 걱정하고 불쌍하다고 생각은 했지만 도와주지도 못하고 한 달 정도를 지나쳤는데 어느 날부터 보이지 않았다. 2년이 지난 올해 9월이 오니 비가 오는 날 그 여자를 만났던 거리를 지나가면 생각이 난다. 아기를 낳았는지, 낳았다면 2살은 넘었겠지, 어떻게 살고 있을까. 때로는 빗속에서 그 여인의 모습이 어른거려 한동안 우울했다.

25년 전에 하와이에 관광을 왔을 때는 하와이의 겉만 보았는데 하와이에 사는 지 8년째 접어들면서 이제 하와이의 속을 하나씩 둘씩 보게 되면서 지상 천국에도 문제가 많고 고통도 많고 아픔도 많다는 것을 알게 되었다. 그 젊은 여자가 아이도 건강하게 낳고 정신도 맑아져 정상적인 생활을 하고 살았으면 좋겠다는 생각을 한다. 하나님께 그녀와 아이를 돌보아 주시길 간절히 기도드리며 오늘도 비 오는 그 공원길을 지나가고 있다.

# 은퇴 후의 나의 삶

　조국을 떠나 미국 생활 40년, 자식 다 키워 제 앞길을 가게 해 놓으니 어느덧 은퇴라는 것이 찾아왔다. 지난 세월을 돌아보며 24시간이 모자라듯 참으로 열심히 살아왔다. 때로는 감회에 젖기도 하고 때로는 후회스러운 일들에 마음 아파하며 이제 남은 인생을 더 값있게 보내야겠다고 생각하며 은퇴라는 길에 첫발을 내디뎠다. 우선 기후가 추운 시카고에서 사시사철 기후가 좋은 지상의 낙원이라는 큰딸아이가 사는 하와이로 와서 내 은퇴의 길은 시작됐다.

　시카고에서 사업하면서 나 자신의 건강을 돌보지 못했는데 하나하나 건강 검진을 받았다. 두 눈이 백내장으로 인해 파란 하늘이 항상 희뿌옇게 보였고 돋보기를 끼지 않으면 글을 읽을 수가 없었다. 그 두 눈을 수술해서 티 없이 맑은 하늘을 보며 너무도 기뻤다. 그리고 지금은 아주 작은 글씨가 아니면 안경을 끼지 않고 책을 볼 수 있다.

　또 시카고에서 33년을 사업하면서 아침에 상점에 들어가면 해가진 저녁에 퇴근했기 때문에 온종일 햇빛을 보지 못했다. 그런 관계로 비타민 D 부족으로 골다공증 증상이 있어 등이 약간 굽었다. 그 당시 골다공증 검사를 하니 좋지 않은 상태였다. 이 골다공증 때문에 칼슘과 비타민 D와 오메가3와 비타민 C를 매일 복용했고 더불어 일주일에 3번 이상 에어로빅, 스트레칭 댄스, 웨이트 리프트, 단 요가, 수영 등을 매일 바꾸어 가며 운동했다. 또 가능하면 차를 타는 것보다는 만보기를 달고 하루에 적어도 5,000번에서 8,000보까지 걸었다.

3년 뒤인 2015년에 골다공증 검사를 했을 때 의사가 깜짝 놀랐다. 뼈가 더 튼튼해졌다면서 그 비결이 무엇이냐고 물었다. 골다공증에 도움이 된다는 플레인 요구르트(설탕이 들어 있지 않은)와 너트 종류인 호두, 케슈어, 아몬드, 설탕이 가미되어 있지 않은 시리얼, 각종 과일을 소이 밀크(두유)와 함께 하루에 한 번은 꼭 먹었다. 또 야채샐러드와 연어도 빠지지 않고 먹었다. 고기를 그리 좋아하지 않지만 편식할 정도는 아니었다. 그런 결과인지 골다공증이 많이 좋아졌다니 감사하지 않을 수 없다.

또 한국에서 약사로서 약국을 11년 경영하다 미국에 와서도 백화점을 경영하면서 온종일 서서 일을 했기 때문에 두 다리에 힘줄이 나와 있었다. 치마를 입기가 부끄러울 정도다. 이것 역시 다리를 전문으로 보는 전문 의사를 통해 두 다리를 수술했다. 나는 다리 수술 하는데 조금 걱정이 되었다. 수술이 잘못되면 다리가 더 보기 싫고 아프면 어떻게 하나 걱정했지만 하나의 기우였다. 옛날에 가끔 저리고 아픈 증상도 없어지고 지금은 치마를 입고 외출해도 보기가 나쁘지 않다.

치아 역시 3~4개월에 한 번씩 검사를 해서 다 치료를 받았다. 결국은 은퇴 후에 고장 난 내 몸 각 부분을 하나하나 고쳐서 지금은 건강 상태가 아주 좋아졌다. 내가 이렇게 건강이 좋아진 이유에는 큰딸의 정성 어린 뒷바라지가 있었다. 운동이 비타민이라면서 운동하기를 권장했고, 음식 먹는 것 하나하나를 점검하며 건강에 좋은 음식을 먹도록 항상 준비를 해 주었다.

또 사업을 하면서 시간이 없어 내가 하고 싶었던 일을 하지 못하고 있었던 것들을 하나하나 하기 시작했다. 미국에서 40년을 살았어도 영어로 편지 한 장을 쓰기가 힘들었던 영어 실력 때문에 다시 공부를 시작했다. 벌써 3년째 학교에 다니니 작년부터 영어로 쉬운 수필은 조금씩 쓰기 시작했다. 2014년 ≪뉴욕문학≫에 영어로 쓴 작품이 하나 실렸고, 올 2015년엔 두 작품이 실려 12월에 출판해서 현재 아마존에서 팔리고 있다.

또 음악을 좋아해서 시카고에서도 활동하던 합창을 이곳 하와이에 와서도 매주 화요일 저녁 7시에서 9시까지 2시간씩 연습한다. 합창 단원은 100명 정도인데 한국 사람은 나를 포함해서 두 사람이다. 합창단에서 활동한 지가 5년째 되었으며 일 년에 봄에 두 번 겨울에 두 번 합창 공연을 한다. 일주일에 두 시간씩 노래할 수 있다는 것도 축복이며 음악이 주는 평안과 기쁨은 내 삶의 활력소다.

또 금요일엔 성경 공부를 한다. 세상은 갈수록 진리를 외면한 채 동성 결혼을 합법화하는 세상에서 우리 아이들을 키우고 있기 때문에 진리의 말씀이 담긴 성경 말씀을 내가 우선 알아야 자라나는 후세들에게도 가르칠 수 있기 때문에 성경 말씀 공부도 게을리 할 수 없어 매주 금요일은 성경 공부 하는 날로 정해 열심히 하고 있다.

그러다 보니 월요일부터 목요일까지 학교 다니고, 금요일은 성경 공부하고, 토요일은 5살짜리 꼬맹이 손녀딸과 7살짜리 손주 녀석을 한국 학교에 보낸 후 딸과 함께 장 보러 가고, 오후엔 손주들과 수영장에서 수영하고 주일날은 교회에 가고, 그야말로 직장을 다니는 사람보다 더 바쁘게 사는 은퇴 생활을 하고 있다. 이 모두가 감사한 것은 나도 열심히 했지만, 큰딸의 정성 어린 보살핌으로 내가 건강한 노후를 보내고 있기 때문이다. 나도 아들 둘, 딸 둘을 키웠지만 내 큰딸의 효심은 칭찬할 만하다. 항상 내 큰딸은 "엄마는 우리에게 모든 것을 다 해 주었다. 내 엄마는 세상에서 하나니까 지금부터 엄마는 건강(Health)해서 행복(Happy)한 것만 생각하면서 살아야 한다."고 누누이 말을 하며 나를 편하게 해 준다. 은퇴하면 대부분의 사람은 편안한 삶 가운데 본인이 좋아하는 골프나 여행이나 대부분 자신을 위해 즐기는 생활을 원한다. 그러나 나는 은퇴를 함으로써 나에게 주어진 시간들이 너무도 소중해서 그냥 즐기고 놀기에는 시간이 아깝다. 은퇴 후의 나의 꿈은 2011년 ≪뉴욕문학≫에 수필로 등단을 해서 수필가로 활동하고 있는데, 그동안 써 온 글을 모아 내 자신의 살아온 이야기의 책을 한 권 출판하고 싶다. 그리고 건강이 허락하는 한 단기 선교 여행도 한번 다녀오고 싶다. 또 그림 공부를 해서 내 그림이 첨부된 시집도 한 권 출판하고 싶다. 또 우쿨렐레(하와이 토속악기) 레슨을 받아 우리 손주들과 합동 연주회도 한번 갖고 싶다. 그

동안 나는 너무 많은 복을 받은 것 같다. 이 받은 복을 내가 은퇴의 삶을 살아가는 동안 어떤 모습이든 이웃을 위해 베풀면서 살아가기를 나에게 약속한다. 내 옆을 돌아보면 도움을 주어야 할 사람은 너무도 많기 때문이다. 더불어 좋은 일을 하고 남을 도울 때 또 커뮤니티를 위해 봉사할 때 오는 기쁨은 돈으로 살 수 없기 때문이다. 내가 사귀고 있는 미국 친구는 여러 면에서 봉사활동을 한다. "주는 것이 받는 것보다 복이 있다."는 성경 말씀을 되새기면서 오늘도 나는 내 삶의 한 부분인 베푸는 삶을 실천하고자 노력하며 부지런히 은퇴의 삶을 즐기고 있다.

# 미술 선생님과 현모양처

경제적인 여건이 좋아져 연휴가 되면 해외여행을 많이 간다는 뉴스는 조국이 잘산다는 소리여서 듣기에 좋다. 그러나 고국에서 연일 터져 나오는 청탁과 공무원들의 뇌물 사건은 해를 거듭할수록 줄어들지 않는다. 신문이나 TV 뉴스에 뇌물이나 청탁 사건으로 인해 공직자와 사업가의 비리가 화면을 가득 채우고 줄줄이 구속되고 있는 현실을 보면 노력하지 않고 부정으로 축재해서 얼마나 더 부자가 되려고 할까, 하는 생각이 든다. 청렴해야 할 공무원들이 업자들의 청탁을 들어주고 그 부정한 돈을 받아 그 아내들에게 갖다 주었을 때 무슨 말을 하고 갖다 주었을까 궁금하다.

그 돈을 받은 아내들은 백화점에서 명품을 사고 내 남편은 돈을 많이 벌어다 주어서 이렇게 명품을 몸에다 걸치고 바르고 다닌다며 세상 사람들에게 자랑하고 다녔지만, 남편은 그 대가를 혹독히 치르고 있는 모습을 세상이 다 보고 있다. 신문이나 TV 화면에 비친 부정 축재를 한 남편, 또는 아버지 모습을 보면서 그 아내들과 자녀들은 어떤 심정일까. 이런 사건이 터질 때마다 세월이 몇 십 년 지난 지금에도 잊히지 않는 고등학교 선생님이 한 분 계신다.

꿈 많은 여고 시절 미술 시간에 그림을 그리고 있을 때 선생님은 뒷짐을 지시고 우리에게 아버지처럼 때론 인자한 할아버지처럼 잔잔히 얘기를 들려주셨다. 이 담에 결혼했을 때 남편이 정해져 있는 봉급 외에 돈을 가지고 오면 그 돈이 어떤 돈인지 꼭 캐물을 것, 그 돈이 정직한 돈이 아닐 때 꼭 되돌려 줄 것, 그리고 옆집에서 피아노 샀으니 우리도 사야 되지 않겠느냐고 남편을 조르지 말 것 등 앞으로 성인이 되어 결혼했을 때 일어날 수 있는 일에 대해 말씀해 주셨다. 남편이 부정 축재를 하는 원인은 모두가 아내의 욕심과 허영심을 채워 주기 위해 발생하는 것이라고 했다. 남편 감옥 보내는 아내가 되지 말 것, 남편의 부족한 점은 말없이 뒤에서 도울 것, 현모양처가 되어 행복한 삶을 살아야 한다고 자상하게 일러주셨다. 많은 세월을 살아온 지금 그때 선생님의 가르침이 내 삶의 지표가 되었다.

노력하지 않고 뇌물을 받아 부를 축적하는 것이 부끄러운 일이 아니고 당연한 것으로 받아들이듯 세상이 변한 것 같아 안타깝다. 요며칠 전 모 단체장과 이사장 이취임 행사에 갔다. 모 단체장의 축사가 오랜만에 귀에 들어왔다. 단체장이 되려면 "우선 자신의 가정부터 사회의 존경을 받는 가정이 되어야 한다."는 것이다. 또 본인 자신도 가정에서부터 존경을 받아야 한다는 그 말에 공감이 갔다. 새해가 되면 많은 단체가 단체장을 뽑는다. 단체장을 하기 위해 입후보하는 사람들 스스로가 그 가정에 문제가 있다든가 그 자신의 가정에서도 존경을 받지 못하고 있다면 자신의 주제 파악부터 해야 한다는 얘기다. 자기 가정도 올바르게 다스리지 못하면서 한 단체를 이끄는 단체장이 된다는 것은 그 단체에도 득이 되지 않기 때문이다. 또 많은 사람을 힘들게 할 가능성도 있기 때문이다. 현재 단체장이 되었다든가 앞으로 단체장이 되려고 하는 사람은 귀담아들어야 할 말이다.

내가 노력하지 않고 얻는 물질은 그 물질로 인해 그 사람 생애에 큰 아픔과 함께 장래의 삶까지 망치며 그 자손에게도 씻을 수 없는 수치심을 준다는 것을 깨달아야 한다. 욕심 부리지 말고 주어진 삶에 감사하며 만족하다 보면 행복이란 것도 자신의 주위에서 동행하지 않을까. 고급 공무원, 국회의원이 줄줄이 구속되는 것을 보니 오늘따라 여고 시절 미술 선생님의 가르침이 내 뇌리에서 떠나지 않는다.

아울러 어느 단체의 리더가 되려는 사람은 자신의 욕망을 갖기에 앞서 합당한 지도력과 덕망을 갖추고 있는지 먼저 객관적으로 자성해 보아야 한다. 지나친 명예욕도 물욕 이상으로 위험한 것이다. 그 해독은 단체 구성원 모두와 사회에 파급되기 때문이다.

## chapter 04

하
와
이

사
랑

이제 고향의 품에 안긴 듯 바다가 있는
하와이 카이루아 비치에서 그리던 푸른 바다,
잠시도 쉬지 않고 밀려오는 파도,
작열하는 태양, 파란 하늘, 하얀 뭉게구름,
살랑대는 맑은 공기, 재잘거리는 맑은 새소리,
은빛의 모래사장과 사귀며
오늘도 비단결 같은 고운 모래가 발바닥에 닿을 때마다
조물주가 만든
아름다운 자연을 목청껏 노래한다.
- 본문 중에서

# 순이

"정말 몰라보게 예뻐졌어요."

상점에 들어올 때의 모습과는 전연 딴 사람으로 변한 손님에 대한 찬사다. 순이는 정말 다른 사람처럼 보였다. 그녀는 13년 만에 처음 해 보는 화장이란다. 이제부터는 화장하며 살겠다고 했다. 오늘 화장법도 배우고 화장품도 사기 위해 멀리 위스콘신주에서 왔다.

시카고에서 한국 화장품을 수입해서 판매할 때 일이다. 한국에서 파견 나온 미용 사원이 개개인에게 맞는 화장법과 피부 타입에 맞는 화장품을 선정해 주기도 할 때다. 그때만 해도 미용실이 많지 않아 결혼할 때에 신부 화장도 우리 상점에서 미용 사원이 해 주는 경우도 많았다.

그녀가 우리 상점에 들어왔을 때의 모습은 여자가 아닌 남자로 보일 정도로 덩치가 크고 피부도 거칠었다. 무슨 일을 하는지 손도 남자 손처럼 거칠었다. 그녀는 미국에 온 지 13년이 되었고, 19살에 동두천에서 미군과 결혼해서 오게 되었단다. 위스콘신이 남편의 고향인데 농사가 본업이다. 위로 두 시누이가 있는데 농기구를 다루면서 농사일을 하더란다. 영어를 못 하는 순이를 보고 무슨 원숭이 보듯 무시했단다. 그 당시엔 말도 통하지 않고 석 달을 아무 하는 일 없이 눈칫밥을 먹으면서 지냈다. 말은 안 통하지만 농기구는 배우면 얼마든지 농사를 지을 수 있겠다는 생각을 했다. 농기구에 대해 하나하나 배우기 시작하니 6개월 만에 다 알게 되었단다. 그 후 열심히 일해서 집안의 온 식구가 그녀를 인정하고, 이제 자신이 집안을 꽉 잡고 산다고 했다.

어느 날 거울 앞에서 자신을 찬찬히 보니 여자인지 남자인지 구분이 안 될 정도로 변한 모습에 정신이 번쩍 들더란다. 시카고로 내려오면 한국 사람도 만나고 화장품도 살 수 있겠다는 생각을 했단다. 그래서 무조건 시카고 한인 타운으로 내려왔다. 농부로서 열심히 살았으니, 이제는 자신을 가꾸며 살고 싶다고 했다.

이 말을 들은 우리는 감동했다. 지난 시간 자신에게 주어진 암담한 현실을 이겨 내기 위해 얼마나 자신과 싸웠을까. 말도 통하지 않는 가족에게 무시를 당하면서 견디어 내기가 얼마나 힘들었을까. 마음이 짠했다. 자신이 당했던 과거를 회상하며 이제 그 집안의 안주인으로서 당당하게 사는 모습이 대견해 보였다.

순이는 오랫동안 피부를 가꾸지 않아 거칠었다. 미용 사원은 클렌징크림으로 피부를 닦아 내고 클렌징 폼을 사용해서 이중으로 피부를 청결하게 했다. 마사지와 피부 재생 팩을 했다. 그런 후 화장을 했다. 화장한 모습은 들어왔을 때의 모습과 전연 딴 모습이었다. 특히 눈이 크고 예뻤다. 순이는 화장을 마친 자신의 모습을 보고 놀라며 만족해했다. 필요한 화장품을 사니 미용 사원은 사용 방법을 친절히 가르쳐 주었다.

우리 한국 여성들은 어떤 어려운 환경도 헤쳐 나가는 용기와 끈기가 있다. 우리 속에 흐르는 피 안에 강한 생활력이 담겨 있다. 일제 강점기 때 상해 임시 정부에서 독립 운동을 할 때 자금을 마련해서 보내 준 사람들은 하와이 사탕수수밭에서 힘겨운 노동을 하며 번 돈이었다. 여성이 주축이 되었다. 미국 이민 생활의 힘들고 어려운 환경에서도 자식들을 잘 키워 본이 되는 가정도 많다. 그 밑바닥엔 엄마인 여자의 역할이 크다.

순이 역시 아주 똑똑한 한국 여성이다. 어려운 환경을 극복하고 당당히 큰 농장의 안주인으로 순이는 중년을 훨씬 넘은 나이가 되어 지금 어떤 모습을 하고 있을까? 많이 궁금하다. 보고 싶다.

# 타로 농장에서의 하루

해마다 돌아오는 마틴 루터 킹 데이는 연방 정부 공휴일이다. 우리 가족은 이날 아침 일찍 모두 2008년에 비영리 조직 기구로 설립된 하와이 카네오헤에 있는 숲이 무성한 윈월드 파파하나 키아올라라는 타로(Taro) 농장에서 무료 봉사활동을 한다. 3살짜리 손녀와 6살짜리 손자, 딸과 사위, 나까지 5명이 해마다 이 농장에 가서 요구하는 여러 가지 일 중에서 우리가 할 만한 것을 찾는다. 작년에는 허리까지 물이 가득 찬 타로 밭에 들어가서 타로 사이에 많이 자생하는 잡초를 뽑는 일을 했다. 4시간가량 잡초를 뽑아냈는데 몸은 땀으로 범벅이 되고 허리까지 물에 잠긴 몸은 붉은 흙빛으로 물들었다. 일이 끝난 후 피부가 가려워 고생한 사람도 있었다.

올해는 타로 밭을 새로 만들기 위해 기초 작업을 하는 땅파기에 함께 참여해 돌멩이와 잡초를 제거했다. 3살짜리 손녀 꼬맹이와 6살짜리 손자도 어른들이 땅을 파면 자신들이 들 수 있는 작은 돌멩이를 들어 옮기는 일을 했다.

위키피디아 사전에 따르면, 타로는, 하와이에 폴리네시안들이 처음 도착한 것은 AD 300~500년 사이로 보는데, 그때는 섬에 먹을 것이 별로 없었고, 그래서 그들이 먹기 위해 심었던 가장 중요한 식물이다.

타로는 하와이 사람들의 주식으로 전분(80%)이 많아 식량 대체 작물이다. 하와이 사람들은 타로를 갈아서 물에 타 먹고, 튀겨 먹고, 구워 먹는다. 근래엔 칩도 나오는데 모든 사람이 좋아한다.

타로는 한국 토란에 비하면 크기도 크고 알도 굵은 편이다. 5~6피트 대형 다년생 초본 식물로 습지, 젖은 토양 및 온난하고 다습한 기후에서 자라므로 하와이가 요건을 갖춘 곳이다. 수분만 공급하면 토양을 가리지 않고 퇴비와 비료만으로도 잘 자라 재배가 쉽고 농약은 전혀 사용하지 않아 무농약 재배를 하며 경영비가 타 작물에 비하여 적게 들어가며 수확량이 많은 소득 작물로 알려져 있다.

타로는 다양한 조리법으로 오랜 역사가 있으며 뿌리와 잎을 다 먹는다. 타로 뿌리는 소화가 잘되고 잎은 비타민 A와 C의 좋은 소스다. 또 영양이 풍부해서 많은 신체 기능에 대한 필수미네랄과 칼륨이 많이 들어 있다. 칼슘, 비타민 C, 비타민 E와 B뿐만 아니라 마그네슘, 망간, 그리고 구리도 포함되어 있어 훌륭한 영양의 보고다.

또 약효가 많아 건강식품과 학교 급식 및 어린이 어른 식사 간식 대용으로 다양한 제품을 생산한다. 먹는 방법은 익혀서 떡, 빵, 국수, 죽, 탕, 국, 튀김 요리 등 100가지 이상이다. 타로에 함유된 수산칼륨은 인체에 불필요한 열을 내려 주고 염증을 완화하며, 감자보다 많은 칼륨이 함유되어 있다. 이 칼륨 성분은 나트륨 배출을 자극해 주는 효능이 있는데, 이는 혈압을 낮춰 주기 때문에 고혈압 환자에게 좋으며 부종을 완화해 준다고도 한다. 또 식이섬유가 풍부하게 함유되어 장의 연동 운동을 활발하게 하며, 탄수화물과 지방 대사를 자극하므로 변비 해소에 효과가 좋다. 타로를 만져 보면 미끌미끌한 성분은 뮤틴과 갈락탄이라는 점액 성분인데, 이 성분은 단백질의 소화를 촉진해 주며, 신장과 간장을 보호해 준다. 원래 외용약으로 더 많이 쓰여 왔다고 하는데, 타로를 자르면 나오는 즙을 사마귀에 바르면 효과적으로 치료된다. 또 해독 작용이 무척 뛰어나기 때문에 뱀과 같이 독이 있는 동물에게 물렸을 때 응급 약으로 사용할 수 있다고 한다. 타로 달인 물을 꾸준히 섭취해 주면 신경통이 완화되며, 임파선이 뭉쳐 있는 현상을 완화해 주고, 또 타로는 천연 멜라토닌 성분이 함유되어 있어 피로감을 완화해 주고, 불면증을 해소하고 수면의 사이클을 조정해 주기 때문에 불면증 해소 음식이다.

하루 4시간을 봉사하고 농장에서 주는 점심을 먹는다. 점심엔 꼭 타로가 포함되어 나온다. 겉은 갈색이지만 안은 보라색인데 요리를 해서 나오는 것은 우리의 죽 비슷한 것으로서 색은 검정 갈색이라 선뜻 손이 가지 않는다. 내 입엔 타로 맛이 밍밍했다. 그러나 타로가 식탁에 오르기까지 수고한 사람들을 생각해서 억지로 먹는다.

하와이는 넓게 보면 폴리네시안 문화권으로 타로(Taro)가 주식이다. 아직도 하와이에서 타로는 전통 음식이다. 또 옛날 하와이주에서 타로 음식은 하와이 농업 사회의 경제적, 정치적, 영적 중심에서 먹거리를 넘어 훨씬 더 큰 역할을 했다.

3살짜리와 6살짜리도 함께 일하는 것은 어려서부터 무료로 봉사하는 것을 가르치기 위해서다. 3살짜리는 작년엔 너무 어려 어른들이 일하는 것을 보기만 했는데, 올해는 작은 돌을 집어 한 장소로 옮기는 일을 했다. 작은 돌이라도 자신이 했다는 생각에 기분이 좋아서 땀을 흘리면서 열심히 했다. 6살짜리는 작년과 올해 어른과 똑같이 일했다. 귀한 경험을 하게 했다.

타로는 이곳 사람들에겐 하와이 전통 사람들의 자존심이 담겨 있는 토속 음식이기도 하며, 그렇기 때문에 세월이 가도 사랑을 받는다. 해마다 마틴 루터 킹 데이에 타로 농장에 가서 봉사하는 일은 즐거움으로 우리 가족에게 자리를 잡았다.

# 하와이의 가을

타지에 사는 사람들은 지금 내가 사는 곳을 흔히 구백구십구당이라고 한다.

나는 사계절이 있는 시카고에서 34년을 살았다. 봄, 여름, 가을, 겨울의 사계절 중에 봄과 가을은 좀 짧지만, 그런대로 계절마다 가지고 있는 아름다운 특성은 삶에 활기를 불어넣어 주기에 충분했다. 그중에서도 나는 가을을 좋아했다. 봄여름을 정신없이 바삐 지내다 가을이 오면 지나온 삶을 되돌아보며 곱게 물든 단풍을 보면서 사색에 잠길 수 있었기 때문이다. 8월 중순이 되면 서늘한 바람이 내려와 어느새 나뭇잎은 아름다운 색으로 옷을 갈아입기 시작한다.

집 앞마당엔 코스모스가 한들거리며 가을이 왔다고 인사하고, 봄여름에 최선을 다해 살았던 나무가 이제 돌아갈 곳을 생각하며 있는 힘을 다해 마지막까지 자신을 불태우는 그 찬란한 색채에 매료되어 그 밑을 서성거렸다. 내가 좋아하는 밤과 배 그리고 감을 먹으면서 아침저녁으로 변하는 다채로운 색에 매료되어 아름답게 물든 단풍잎을 책갈피에 넣기도 했다. 각양각색으로 물든 단풍을 보고 있노라면 모든 잡념마저 사라지고 가을의 끝자락에서 또다시 만날 날을 기약하면서 단풍들과 작별 인사를 했다. 나는 깊어 가는 가을을 즐기는 것을 행복으로 느끼며 살았다.

시카고의 겨울은 너무 추워 자동차 엔진이 얼어 시동이 걸리지 않아 움직일 수 없는 때도 있다. 또 눈이 너무 많이 와서 교통이 끊기어 바깥출입을 못 할 때도 있다. 그래도 아침에 눈을 뜨면 온 세상이 눈꽃으로 치장한 모습에 감탄사를 토하는 것도 겨울만이 가진 멋이다.

봄에 긴 겨울을 헤치고 나오는 새 생명이 눈밭에서 얼굴을 내밀 때 그 모습을 보면서 생명의 존귀함에 감탄하게 되고, 새들의 노랫소리에 봄의 환희를 맛보기도 했었다. 여름 또한 때로는 너무 무더워 숨이 막힐 것 같은 때도 있지만 시카고를 조금 벗어나면 넓은 옥수수밭이 있다. 바다처럼 넓은 미시간 호수는 시카고의 여름을 품에 안고 불볕더위를 식혀 준다

그러나 나는 지금 많은 사람이 구백구십구당이라고 부르는 곳에 살면서 내가 좋아하며 즐기던 가을을 잃어버렸다. 구백구십구당은 사시사철 아름다운 꽃이 만발하고 연중 기온이 화씨 70도를 웃도는 날씨니 반바지 하나에 티셔츠와 슬리퍼 하나면 어디를 가도 편안한 곳이다. 겨울에도 바다에서 수영을 즐길 수 있는 따뜻한 곳이다. 코코넛, 바나나, 파파야, 망고 등 열대 과일이 사시사철 풍부하고 먹음

직스러운 각종 과일과 음식도 다양해서 식도락을 즐길 수 있는 곳이다. 사람이 착하고 친절해서 알로하 스테이트(Aloha State)라고 한다. 알로하의 뜻은 사랑, 자비, 동정, 친절, 안부, 참다, 안녕, 잘 가의 여러 뜻이 있다. 처음 만났을 때 '알로하', 헤어질 때도 '알로하'로 인사한다.

2016년 1월에 지구 곳곳에선 한파로 몸살을 앓고 곳곳에 폭풍과 폭설로 인해 사람이 많이 죽었다. 워싱턴 주정부가 비상사태를 선포하고 '최강 한파'란 제목으로 뉴스가 도배될 때가 있었다. 결국 워싱턴 주정부까지 며칠을 폐쇄할 때도 이곳 구백구십구당은 천혜의 자연 속에 아름다운 꽃이 만발했다. 청명하고 맑은 날씨에 코발트빛 수평선과 부드러운 모래사장, 울창한 숲이 우거져 자연이 인간에게 선물한 대자연을 마음껏 누리며 살 수 있다. 지구 한쪽에선 재난으로 비상사태를 선포해도 이곳 구백구십구당은 태평이다. 바로 천당에서 일당이 모자라는 구백구십구당이라는 곳이다.

이곳의 가을엔 보통 때보다 비가 많이 온다. 그렇다고 폭우가 내리는 것은 아니고 울창한 숲이 흠뻑 마시도록 비가 온다. 하루에도 잠깐씩 오다 햇빛이 나고 그런 가운데 산언덕엔 어느새 무지개가 내려온다. 어떤 때는 쌍무지개도 볼 수 있다. 보통 도시에서는 보기 드문 무지개를 이곳에선 흔히 본다. 그래서 이곳 자동차 번호판에는 무지개가 그려져 있다.

모든 것이 풍부한 곳이지만 내가 좋아하는 가을이 없다. 언제나 볼 수 있는 아름다운 꽃은 있지만 불타는 듯한 아름다운 단풍은 볼 수가 없고, 낙엽도 밟아볼 수가 없다. 가을 하늘에 한들거리는 코스모스도 볼 수가 없다.

가을을 그리워하며 눈을 감고 지나온 가을을 떠올리며 곱게 물든 단풍잎을 따 책갈피에 넣던 습관이 도져 활짝 핀 꽃잎을 따 책갈피에 넣고 옛날의 가을을 음미하며 가을 병을 한동안 앓는다.

사람이 태어나서 한번은 오고 싶은 곳, 건강을 유지하는 조건 중 맑은 공기와 오염되지 않은 물을 마음대로 마실 수 있는 곳, 나이 70은 노인 축에도 끼지 못하는 곳. 그래서 구백구십구당에서 살게 되면 다른 지역에서 사는 것보다 5년에서 10년은 더 오래 산다는 말이 거짓말이 아닌 것을 터득했다. 이곳이 바로 천당에서 일당이 모자라는 구백구십구당, 하와이다.

내가 하나님께 물어보고 싶은 말이 있다. "하나님, 아버지 천당에도 가을이 없나요?"

PS: 올해는 꿈속에서라도 곱게 물든 단풍 속을 걷고 싶다.

# 할아버지와 도시락

"할아버지, 왜 왔어?"

중학교 1학년 때의 일이다. 누가 나를 찾는다는 소리에 나가 보니 할아버지가 도시락을 갖고 오셨다. 아침에 허둥대다 깜빡 도시락을 잊고 등교한 것이었다. 도시락을 얼른 받아들고는

"할아버지, 다시 오지 마."

할아버지에게 한 마디 툭 쏘아붙이고 뒤도 돌아보지 않고 교실로 들어갔다.

우리 아버지는 내가 5살 때 바다에서 사고로 돌아가셨기 때문에 아버지에 대한 기억은 별로 나지 않고 그 대신 할아버지가 나를 키우셨다. 반 친구들 앞에 엄마도 아니고 아버지도 아닌 늙은 할아버지가 도시락을 갖고 왔기 때문에 나는 순간적으로 창피하게 느껴졌다.

나는 자손이 귀한 집안에 태어났다. 아버지 위로 큰아버지가 두 분 계셨는데 그분들에게도 자손이 없었다. 아버지가 셋째 아들인데

결혼을 해서 첫딸로 내가 태어났다. 그러다 보니 집안의 꽃이요 보물이 되어 어머니는 유모나 다름없었다. 집안 어른들이 서로 안아 보려고 젖만 먹여 주면 데려가기 때문에 어머니는 나를 제대로 한 번 안아 주지도 못했다. 혼자 앉아 놀 정도로 컸을 땐 할머니 앞에서 갖은 재롱을 부리면서 사랑을 독차지했다.

할머니가 노래를 부르면 기저귀 찬 엉덩이를 들썩거리고 손을 저으면서 춤추는 흉내를 내어 사람들을 웃기기도 했단다. 마루에 큰 벽시계가 있었는데 시간을 알리는 종소리가 울리면 흔들거리는 큰 추에 맞추어 머리를 마구 흔들어 사람을 웃기기도 했단다. 뎅, 뎅, 뎅 하는 소리가 끝나면 그때는 몸을 옆으로 천천히 흔들거려서 동네 사람들이 왔다가 그 모습을 보고 귀여워해 주었다는 얘기도 들었다.

그때는 일제 강점기여서 가족 수대로 식량 배급이 나왔다. 때로는 밀감이나 과자가 나올 때도 있었단다. 그때 그런 음식은 귀한 것에 속했기 때문에 어른은 맛도 보지 못하고 할머니의 명령에 의해서 큰 쌀 항아리에 넣어 놓고 나에게만 주었단다. 집안의 어른인 할머니가 모든 것을 관장하기 때문에 가족은 아무 말도 못 했단다.

내가 아기 때부터 조금만 설사를 해도 그때 귀하다는 약재인 미삼 (인삼 뿌리에 붙어 있는 아주 작은 실 같은 인삼)을 조그만 종지에 몇 개를 넣어 밥 지을 때 밥솥 한가운데 놓아 밥을 지으면 가느다란 실 같은 인삼과 밥물이 합쳐져 인삼 죽처럼 된 것을 먹었다고 했다. 그래서 그런지 나는 크면서도 별다른 잔병 없이 자랐고, 나이에 비해선 건강하게 살아온 편이다. 나는 점점 버릇없는 아이가 되어 갔다. 집

안에선 할머니 할아버지가 싸고돌았기 때문에 내가 하고 싶고 가지고 싶은 것이 있으면 어떤 것이든 가능했다.

　나는 그다지 착한 아이는 아니었지만, 할아버지 할머니는 내가 최고라며 키웠다. 아버지 없이 자라는 손녀가 불쌍하고 안쓰러워서 야단 한 번 치지 않고 키웠고, 누가 뭐래도 세상에서 제일 귀하고 제일 잘났고 제일 예쁜, 어디에도 견줄 수 없는 보물 같은 존재라고 생각했기 때문에 버릇이 나빠도 야단맞지 않고 자랐다.

　초등학교에 들어가 학교에서 상을 타면 할머니는 동네가 떠들썩하게 손녀 자랑하기에 바빴고 할머니 할아버지의 손녀 사랑은 바로 당신들의 행복이었다. 집안 식구가 내가 버릇없이 행동하는 것을 할머니에게 말해도 할머니는 나를 혼내는 법이 없기 때문에 나는 할머니 할아버지만 있으면 세상에 무서울 것이 없었다.

　내가 초등학교 일학년 가을에 운동회가 있었다. 청군 백군 양 팀이 있었는데 달리기를 잘했던 나는 1학년 대표로 청군에서 릴레이 선수가 되어 뛰었다. 청군이 우승하여 상을 탔고 개인 달리기에서도 상을 탔다. 내가 의기양양해서 상으로 탄 연필과 공책을 할아버지께 갖다드렸더니 나를 껴안고 큰 소리로 우셨다.

　"네 아버지가 있었으면 얼마나 좋아하겠니?" 하면서 우시는 것이었다. 철이 없던 나는 그때 할아버지가 왜 우는지 알지 못했다. 먼저 세상을 떠난 아들이 남긴 핏줄인 손녀가 학교에 입학해 운동회에서 상까지 타는 것을 보고 죽은 아들 생각이 얼마나 나셨을까. 한참 후에 철이 들면서 할아버지께서 그때 우신 이유를 알게 되었다.

조부모의 이런 사랑 속에 어린 시절을 지냈던 나는 할머니께서 돌아가신 후에야 안하무인격인 나쁜 버릇을 고치느라 엄마에게 많은 꾸중과 매를 맞아 많이 울었다는 이야기를 들었다.

그때 할아버지가 도시락을 가지고 오신 것은 당시 학교에는 구내매점도 없었고 도시락을 안 가져가면 점심을 거를 수밖에 없었기 때문이었다. 혹시라도 손녀가 점심을 굶을까 봐 걱정해서 가져왔는데 할아버지의 마음은 조금도 모르고 고맙다는 인사는커녕 매몰차게 다시는 오지 말라고 투정을 부리고 못되게 굴었던 것이다. 얼마나 할아버지의 가슴이 아팠을까. 나는 그때 할아버지의 손녀를 사랑하는 마음의 깊이와 사랑이 듬뿍 담긴 도시락의 의미를 헤아릴 수 없던 철부지였다.

지금 나는 손자와 손녀를 가진 할머니가 되었다. 이제야 할아버지의 마음을 진정으로 이해하게 되었다. 손주가 입을 오물거리며 먹는 모습이 그렇게도 예쁠 수가 없고 한 끼를 못 먹이면 큰일나는 것처럼 애써 먹이고 싶은 이 마음이 옛날 할아버지가 나에게 가진 마음과 같았다는 것을 이제야 알게 되었다. 가슴 깊은 곳에서 할아버지의 사랑을 느끼며 할아버지에게 못되게 군 것을 뉘우치며 눈시울이 뜨거워진다.

이제 태어난 지 7개월이 되는 손녀는 이유식을 시작했다. 첫 과정으로 쪄서 말린 고운 쌀가루를 우유에 타서 먹이는데 첫날은 어린 것이 눈물을 뚝뚝 흘리면서 먹지 않으려고 입을 열지 않아 안쓰러워 어찌할 바를 몰랐다.

내가 철이 들었을 즈음 어머니께서는 나의 아기 때 얘기를 많이

해 주셨다. 세상에서 너만큼 행복하게 자란 아이도 없을 것이라고. 물자가 없어 모두 어렵게 살 때도 손녀에겐 풍족하게 해 주셨던 할머니 할아버지의 유별난 사랑을 받고 자랐던 일을 심심찮게 나에게 들려주셨다.

손녀가 이유식을 시작한 지 이틀 지나니 이유식도 잘 먹고 잘 논다. 장난감을 가지고 놀다가 음악이 나오면 기저귀 찬 엉덩이를 들썩거리며 어깨도 앞뒤로 흔들거리는 손녀의 모습에 행복하다. 손녀가 나의 어릴 때 모습이 아닌가 하고 상상해 본다. 하마터면 할아버지의 큰 사랑을 잊어버리고 살아갈 뻔했는데 어린 손녀 덕에 늦게나마 깨닫는다. 내가 아기일 때 집안의 웃음꽃이 되어 온 가족들의 사랑을 독차지했듯이 지금의 손녀가 가족의 사랑을 독차지하고 있다.

이제 나도 할머니가 되어 할아버지의 참사랑을 이제야 이해하게 되니 철이 드는 데에 너무 오랜 시간이 걸렸다.

하늘나라에 계신 할아버지께 할아버지가 그렇게도 사랑하던 손녀가 이제 할머니가 되어 두 분의 사랑을 마음속으로 깊이 깨닫고 용서를 빌고 있다. 너무나 긴 세월이 흘러갔어도 할아버지께서 나의 사죄를 받아 주실까. 오늘따라 유난히 할아버지 생각에 눈시울이 뜨거워진다.

# 날려 보낸 잠자리들

"연필을 누구에게 다 갖다 주었니?"

어머니가 매를 든 것을 난생처음 보았다.

나는 다섯 살에 아버지를 바다에서 사고로 잃었다. 남동생은 세상에 나온 지 여섯 달이었다. 파도가 너무 높아 몇 날 며칠 시신 찾는 작업을 했지만 결국 찾지 못하고 장례식을 치렀다. 그때 어머니는 28살의 꽃다운 나이였다. 아버지 장례 때문에 사람들이 갑자기 집에 많이 오니 어린 나는 마냥 뛰어놀고, 동생은 기저귀를 차고 엉금엉금 기어 다녔다고 한다. 문상 온 사람들이 나와 내 동생을 보면서 불쌍해 혀를 끌끌 차면서 눈물을 지었다는 얘기를 철이 든 후에 들었다.

그때부터 어머니는 막중한 책임을 지고 힘겹게 우리 두 남매를 키웠다. 훌륭하게 키워 저세상에 가서 떳떳하게 남편을 만날 것으로 생각했다. 나는 아버지에 대한 기억이 없어 어머니의 말씀 속에서나 아버지를 만났다. 아버지는 잘생기셨고 부지런하며 너무 깔끔해서 친척들이 우리 집에 오면 방에 앉는 것도 불편했단다. 손님이 가면 그 앉았던 자리를 꼭 청소했기에 친척들이 우리 집을 방문하는 것을 아주 조심스러워했다. 항상 집 안이 청결했고 매사에 철저하게 준비하는 성격이셨단다. 아내와 자식을 끔찍이 사랑해서 아버지와 사는 동안 고생도 모르고, 한 번도 불편함을 느껴 본 적이 없다고 했다.

아버지는 비누나 소금 같은 생활에 필요한 물품은 항상 오시이레(벽장이라는 일본말)에 넉넉히 준비했다. 우리가 커서 학교에 가면 사용하도록 연필을 비롯한 학용품도 미리 넉넉히 마련해 놓았다. 당시 물자가 풍부하지 못해 다들 어렵게 살았지만, 어머니는 아버지와 살아온 짧은 세월 속에서도 아버지 덕분에 어려움을 겪어 보지 못했다.

드디어 내가 초등학교 입학했다. 학교 가는 첫날 어머니가 책가방과 필통을 챙겨 주었다. 돔보 연필이라며 잠자리가 그려진 연필을 예쁘게 깎아 필통에 넣어 주셨다. 연필심을 둘러싸고 있는 나무가 약간 자색을 띠는 향나무다. 연필을 깎을 때마다 향나무 향이 났다. 우리 반 아이들은 내 연필을 보고 모두 탐을 냈다. 쉬는 시간이면 내 자리로 와서 연필을 만져 보고 "참 좋다."를 연발했다. 나중에 알았지만 내가 가진 연필은 일본제로 그 당시 제일 좋은 것이었다. 그때 반 아이들이 가진 연필과는 비교가 되지 않는 품질이었다.

나는 어느 날부터 벽장 속에 있는 돔보 연필을 어머니 몰래 필통에 몇 자루씩 넣어 가서 아이들에게 나누어 주었다. 나의 인기는 하늘로 치솟아 올랐다. 그 맛에 나는 더 열심히 돔보 연필을 우리 반 친구들에게 주었다. 어느 날 어머니는 벽장 속에 있던 연필이 반 이상 없어진 것을 보고 나를 불렀다.

"연필을 누구에게 다 갖다 주었니?"

매를 든 어머니 앞에 나는 꿇어앉았다. 친구들이 내가 가진 것을 보고 너무 갖고 싶어 해서 나눠 주었다고 했다. 그때 한 반에 60명이 조금 넘었다. 연필을 모아 놓았던 자리가 표가 나도록 썰렁하게 비었으니 꽤 많이 가져다주었다.

"그 연필이 어떤 것인데 그렇게 함부로 친구들에게 갖다 주었느냐."

종아리에 피멍이 들도록 매를 맞았다. 돌아가신 아버지께서 아들 딸이 학교에 입학하면 쓸 것을 미리 준비해 놓은 것인데 철없는 나는 신나게 우리 반 친구들에게 연필을 퍼다 주었다.

이제 세월이 많이 흘렀다. 내가 살아온 세월을 돌아보니 그때 연필을 반 전체 친구들에게 다 퍼다 준 그 성격이 평생 누군가 내가 가진 것을 보고 좋아하면 그 사람에게 주는 습관이 되었다.

한 번은 거금을 주고 산 진한 남색과 연한 청색이 아름답게 디자인된 실크 원피스를 입고 교회에 갔다. 친한 권사님이 자기가 제일 좋아하는 색이라며 얼굴까지 상기되어 부러워했다. 나보다 더 좋아하는 것 같아 딱 한 번 입은 원피스를 그 다음 주일날 예쁘게 포장을 해서 그분에게 드렸더니 생각지도 않은 선물을 받았다며 너무 좋아했다. 그 권사님은 나보다 키가 조금 작은 분이었는데 양장점에서 자기에게 맞게 고쳐 입고 나와서는 마음에 든다며 아주 기뻐하던 모습이 지금도 기억난다.

텃밭을 일구어 상추, 깻잎, 고추, 부추를 교인들과 나누었다. 하와이에 와서는 집 뒤에 있는 레몬 나무에서 레몬이 탐스럽게 자라고, 바나나가 열리면 함께 나누었다. 이렇게 나누는 재미는 돈을 주고도 살 수가 없다.

내가 살아 있을 때 가진 것을 좋아하는 사람이 있다면 하나씩 주기로 마음먹었다. 죽은 사람이 쓰던 물건을 가져가라고 하면 좋아하지 않으니 살아 있을 때 필요로 하는 이에게 주고 싶다.

내가 하늘나라로 이사 가는 날이 언제가 될지 모르나 앞으로는 더 넉넉히 베풀고 더 많이 나누고 싶다. 그리하여 무거운 것을 다 내려놓고 가볍게 떠나기 위해 차근차근 비우기 작전을 진행 중이다. 이제 세상에서 살아갈 날보다 하늘나라에 갈 소망을 가지고 사는 나로서 내가 가진 재산을 어디에 물려줄 것인가, 또 내가 죽은 다음 내 몸은 어떻게 처리할 것인가, 내가 아파 의식이 몽롱해지고 호흡을 못 해 산소 호흡기와 기계 장치에 내가 의존했을 때 어떻게 할 것인가, 이 모든 사항을 변호사를 통해 유언장을 만들어 놓았다. 왜냐하면 잠시 잠깐 이 땅에 머물다가 가는 인생, 언제 내 생명이 끝날지도 모르기 때문이다. 나를 아는 모든 사람이 내가 이 땅에서 악하게 살지 않고 선하게 살다가 간 사람으로 기억해 주기를 바라는 마음 간절하다. 생명이 다하는 날까지 선하게 살 수 있도록 오늘도 기도를 멈추지 않고 있다.

초등학교 입학해서 반 친구들에게 귀한 잠자리 표 연필을 퍼 날라

주다 매를 맞은 것은 내 안에 잠재해 있던 나눔의 기쁨을 어릴 때부터
알아 온 모양이다. 줄 수 있어 행복하다.

# 크리스야, 뷰리풀이지?

　백화점을 하고 있을 때의 일이다. 여자아이와 엄마가 매장으로 들어왔다. 네 살 정도로 보였을까, 아이는 들어서자마자 두리번거리며 훑어보더니 한국 인형이 진열된 곳 앞에서 시선이 멎었다. 서툰 한국말로 "입뻐 입뻐." 하면서 그 앞을 떠나지 않았다. 엄마가 "크리스야, 뷰리풀(beautiful)이지?" 하고 아이에게 대답했다. 아이와 엄마는 서로가 자기에게 서툰 말로 대화를 했다. 나는 그 모습을 보며 아쉽고 답답했다.

　교포들의 대부분은 아이들 교육을 위해 이민을 왔다고 얘기한다. 사실 그렇다. 한국인의 대부분은 국내에 살거나 해외에 나와 있거나 자기 자신의 인생보다는 자식을 위해서 산다고 해도 과언이 아니다. 뜨거운 교육열과 자식 사랑은 어버이 된 한국인의 큰 힘이요 자랑이기도 하다. 그러나 욕망과 서툰 교육 방법으로 교육이 성공에 이르지 못한 예도 많다. 교육은 목표보다 과정(process)이 더 중요한데 그것을 놓치기 때문이다. 심지어 "민주주의는 과정이다."란 말도 이곳에서는 자주 듣는다.

과정의 결여가 주는 안타까움은 많다. 아이들이 학교에 다니기 시작해서 몇 년이 지나면 자연스레 한국말을 잊어버리게 된다. 영어만 하게 되니 그 아이가 성장해서 어른이 되면 결국 부모와의 의사소통도 힘들게 되는 경우를 자주 보아 왔다. 아이가 어릴 때부터 집에서 모국어를 하게 되면 어른이 되어서도 잊어버리지 않고 부모와 의사소통을 할 수 있다. 서로 부딪칠 수 있는 불편과 불행을 비껴 갈 수 있을 것이다.

그때 나에게는 다리가 부러진 채 퍼덕이다 날아간 한 마리 귀여운 새만큼이나 연민의 정을 남기는 장면으로 그 행복했던 모녀의 상(像)이 떠오르곤 했다. 느리게 사라지는 영화의 앞 장면(fade out)처럼 때론 생각에 스며들어 남아 있기도 하다. 말을 배워서 이제 조금씩 표현하기 시작하던 크리스라는 귀여운 아이와 그 엄마는 지금 어떤 말로 의사소통을 하고 있을지 이따금 궁금하다.

그 무렵 신문에서 커다란 충격을 주었던 사건이 있었다. 샌프란시스코 어느 부촌에 사는 한인 고등학생이 자기 부모를 총으로 쏘아 죽인 사건이었다. 내용은 한국 사람이 하나도 살지 않는 동네로, 사업을 하는 부모는 경제적으로도 남이 부러워할 정도로 넉넉했다.

미국에서 태어난 아들을 미국 사람인 양, 미국인처럼 키웠다. 자신이 미국인인 줄 알고 자란 아들은 고등학교에 들어가면서 조금씩 혼란스러웠다. 가까이하던 미국 친구들이 하나씩 멀어져 가고 자기 자신이 그들과 똑같지 않다는 것을 느꼈다. 부모에게 나의 뿌리가 어디 냐고 물었을 때, 한국 사람이라는 정체성(Ethnic Nationalization)을 확실히 해 주지 않았다. 즉 한국 사람으로서 미국에 사는 정당한 시민권(Legal Citizenship) 소유자라는 것을 심어 주지 않았다. 아들에게 한국인으로서의 정체성(Identity)을 이야기해 준 적이 없었다고 했다.

어릴 때는 별 차별을 못 느꼈던 아이가 고등학교에서는 자기 자신이 똑같은 미국인이 아니라는 것을 깨달았을 때 자기 정체성에 대해 혼란을 느꼈다. 그런 혼란의 돌파구를 찾지 못하여 결국은 자신을 낳아 주고 길러 준 부모를 살해하는 끔찍한 사건이 일어난 것이다. 비참하고 안타까운 사건이었다.

나는 미국에 왔을 때 아이들이 가질 수 있는 혼란을 생각했다. 남편과 함께 너희들은 한국 사람으로서 미국에 사는 미국 시민이라는 것을 명백히 얘기해 주었다. 그리고 우리 역사 속에서 선조들의 뛰어난 예지(叡智)와 훌륭한 사고방식을 기회가 있을 때마다 가르쳤다. 영어를 못 한다고 주눅 들지 말고, 항상 자신감을 잃지 않도록 애썼다. 어릴 적에 이순신 장군과 유관순 열사 일대기 등을 가르쳤다. 그런 덕인지 아이들은 잘 자라 주었고 이젠 사회 곳곳에서 자기의 몫을 다하고 있다. 정말로 감사할 따름이다.

미국 중학교의 선생인 친구에게서 들은 얘기다. 어느 해 3월 1일, 그 학교에 다니는 한국 학생들이 일본 학생들을 때려 학교가 발칵 뒤집혔다. 일본 학생을 때린 아이들에게 그 이유를 물었더니, 3월

1일이 되어 그냥 때려 주었다고 하더란다. 친구는 그제야 알아차리었다. 아이들이 한국 교회의 한글학교에서 일본 사람들에게 36년간 핍박받던 우리의 역사를 배우고 나서 일어난 사건이다. 미국에 살고 있지만 한국인의 피가 흐르고 있다는 자의식을 불러온 것이다. 그 일이 문제가 되니 한국인 교사인 친구가 교장실에 불려갔다. 미국인 교장에게 불려간 친구는 아이들이 서로 씨름 시합을 한 것인데 기운이 왕성해서 좀 과하게 한 것 같다고 둘러대면서 진땀을 뺐다고 했다. 지나고 나서 보면 세찬 홍수의 강을 건너온 듯 아슬아슬한 고비였다.

지금은 세계 어느 곳엘 가든지 한국인이 있다. 우리가 누구인지를 확실히 알고 살면서 그 나라의 일원(一員)이 되어 생활할 때 우리는 더욱 더 당당하며 혼란의 고통은 없어질 것이다. 오히려 서양 사람들 속에서 질서 있고, 민주적이고, 솔선수범하는 우리 한국인들이 가지고 있는 좋은 역량을 발휘하면 존경받는 사람들의 이름이 차츰 늘어날 것이다.

유태인들이나 아이리시인은 자기들이 핍박받던 때나 당당해질 때나 변함없이 떳떳하게 행동하면서 산다. 미국 이민법이 통과되었던 첫해에 아일랜드에서는 백만 명이, 폴란드에서는 75만 명이 한꺼번에 신대륙 아메리카로 몰려 들어왔다고 역사에 적혀 있다.

오늘날 미국의 대륙 횡단 철도를 자기네 조상들이 건설했다고 서로 뻐기는 것이 중국인과 아일랜드인, 폴란드인의 후손들이다.

그중에서도 자기네 이민의 역사를 가장 체계적으로 정리해 둔 사람들이 아이리시−아메리칸이다. 천여 페이지에 달하는 대형 사전의 크기에 꼼꼼하고 세세히 기록하고 있다. 미국 대통령 45명 중에서 아이리시–아메리칸 여덟 명의 이름, 올림픽에서 미국에 금메달을 안겨 준 30여 명의 이름과 오스카상을 받은 영화배우들의 이름까지. 제2차 세계대전과 한국전의 영웅 맥아더 원수, 미국에서 아일랜드어(語)를 가르치는 300여 개의 유니버시티와 칼리지의 이름까지 꼼꼼히 뒤져서 기록했다. 그것을 읽노라면 미국이 마치 아일랜드 이민들에 의해서 이룩되어 온 나라인 듯 착각이 들 정도이다.

그런 정리 작업을 이루어 놓은 그들의 노력이 부럽다. 그리고 그 후손들은 떳떳하게 자란다. 우리 한국 이민 역사가 백십오 년의 역사를 자랑하면서 아직 그런 사업을 못 하는 것은 반드시 가난하기 때문만은 아닐 것이다. 미국 시민으로 살면서 미국 최초로 금메달을 연거푸 따다 주었던 코리안–아메리칸 닥터 세미 리[李]를 아는 한국 젊은이나 청소년은 많지 않다. 미국 올림픽 회관에 당당하게 기록된 분이다.

어떤 아버지는 아들들에게 강조한단다.

"우리는 죽도록 버터를 먹어도 눈이 파래지지 않는 배달민족이다." 라고. 또 우리 아이들의 언어는 이미 두 가지(Bilingual, 한국어, 영어)이다. 또 세 가지(Trilingual, 한국어, 영어, 스페인어)이다. 미국에서 스페인어 인구는 13%라는데, 정부의 공문서에는 영어와 스페인어를 양면에 인쇄해서 보낸다. 민주주의의 중심 원칙인 다수결이라는 공리주의 원리에 따라 공립학교에서 스페인어를 가르치고 있다. 영어는 미국에서 다수 국민의 언어이지 아직 법제화된 국어가 아니다.

자기들도 다 이민의 후손인 백인들이 소수 이민들에게 주인 행세를 해도 그것은 텃세 행위일 뿐이다. 그들은 모든 것을 다 빼앗기고 밀린다고 두려워한다. 이 땅의 주인인 아메리카 인디언은 아시아에서 베링 해협을 건너 아메리카 대륙으로 건너온 몽고족이었다고 초등학교 3학년 교과서에 밝혀 가르친다.

중요한 것은 오늘이며 현실이다. 우리의 이민 역사는 계속 이어질 것이다. 6 · 25 전쟁 60주년이 되어 대한민국은 재조명되면서 세계의 찬사를 받고 있다. 우리 이민자들도 이민 역사 115년. 미국 사회 곳곳에서 우리의 후손들이 두각을 나타내며 활약하고 있다. 한국인들이 가지고 있는 똑똑하고 예의 바르고 부지런하고 인정 많은, 이런 좋은 인성을 우리 후손들에게 배우게 한다면 우리 1세대 이민들이 죽은 후 이민 역사 200년, 300년이 지난 후에 코리안-아메리칸이 대통령이 되어 미국을 이끄는 앞날이 없으라는 법도 없다.

"우리 부모는 미국에 와서 세탁소를 해서, 햄버거 식당을 해서, 가발을 팔아서, 신발 수리를 해서, 잡화 장사를 해서 나를 키웠다. 그러나 나는 우리 부모의 부지런함과 정직함, 바르게 사는 법을 배웠고, 이웃을 사랑하고 어려운 사람들에게 인정을 베푸는 법도 배웠다. 나는 우리 부모를 존경하며 코리안-아메리칸임을 자랑한다."라고, 우리의 후세가 미국의 대통령이 되어 연설하는 그날을 꿈꾸고 있다. 오바마 대통령 후보가 백악관을 향해 질주하고 있을 때도 많은 이들은 그가 흑인들의 위상을 조금 높여 주고 결국은 낙선할 것이라 예측했지만, 그는 자기의 꿈을 미국인 전체의 꿈으로 바꾸는 극적 승리자가 되었다.

우리 한국인의 다음 세대가 또 그런 꿈을 가져야 한다. 그렇게 되는 날을 향해 우리는 당당히 말할 것이다.

"우리 부모들은 자기 전공도 다 버리고 이민이라는 생활 터전에서 열심히 일하고 있다." 우리 후세들을 위해 우리의 정체성을 심어 주며 당당하게 살아갈 것이고 자녀들의 본이 될 것이다. 이런 우리의 힘들이 모여 뷰티플 헤리티지(Beautiful heritage)를 만들어 갈 것이다.

우리 이민들은 조국 대한민국의 지평(地平)을 넓히는 큰 자산이라고 생각한다. 그때의 아이, 인형을 보며 "입뻐 입뻐." 하던 크리스는 지금 엄마가 되어 자녀에게 무엇을 가르치며 살고 있을까.

# 별명

사람은 태어나서 이름이 지어져 불리게 된다. 대대로 내려오는 돌림자(行列 字)든가 특별한 뜻을 가지고 윗대의 할아버지나 아버지 또는 돈을 주고 작명가에게서 지어진 이름으로 불리는 것이 대부분이다. 이렇게 정상적으로 지어진 이름 말고, 때론 별명으로 불리기도 한다. 이 별명 때문에 난처한 일도 생기고 때로는 웃지 못할 일도 있다.

고등학교 2학년 때로 기억된다. 하루는 학교에 갔더니 칠판에 "웰컴 BDK"라고 큰 글자가 쓰여 있었다. 새로 부임하시는 교장선생님의 별명이라 했다. 사람도 오기 전에 별명이 먼저 온 것이다. BDK의 뜻은 코가 너무 납작해서 납작코의 표현인 빈대 코의 영어식 약자다. 별명치곤 너무 우스워서 배를 쥐고 발을 구르면서 웃었다. 학생들과 선생님들의 존경의 대상인 교장선생님의 별명으로 좀 고상했으면 좋겠다는 아쉬움이 남았지만 엎질러진 물처럼 이미 늦었다.

교장선생님이 부임한 날, 운동장에서 전교생이 모인 가운데 인사의 말씀을 했다. 그때 말씀은 귀에 하나도 들어오지 않고 교장선생님의 코에만 눈이 가 정말 코가 납작한가에 신경이 쏠렸다. 어디선가 "야! 진짜 빈대 코다." 하는 말이 나와 웃음을 참느라고 혼이 났었다. 또 어떤 선생님의 별명은 '뽕 빨딱'이다. 이 선생님의 별명은 선배로부터 내려와 우리에게까지 전해졌다. 하루는 수업을 시작하기 전에 출석을 다 부른 후 출석부를 책상 위에 놓고 의자에서 일어서면서 방귀를 "뽕!" 하고 뀌셨단다. 조용하던 교실이 선생님의 방귀 소리로 인해 웃음바다가 되었고, 그때부터 그 선생님에겐 '뽕 빨딱'이라는 별명이 붙었다.

수학여행을 갔을 때 <산토끼> 노래에 맞춰 "뽕 빨 딱, 뽕 빨 딱, 어디로 가느냐?" 하며 밤에 잠을 자지 않고 선생님들의 별명을 부르며 놀았다. 결국 숙소의 마당 한가운데 있는 우물가에 잠옷을 입은 채 꿇어앉아 벌을 받았다. 그때 하늘을 쳐다보니 달은 왜 그리도 밝았던지, 지금도 생각하면 웃음이 절로 난다. 선생님 이름은 기억이 안 나지만 '빈대 코'와 '뽕 빨딱'은 세월이 많이 지난 지금도 잊히지 않는다.

내 자식에게도 별명이 있다. 막내를 낳았을 때 앞이마가 나오고 뒤통수가 나온 짱구였다. 이름이 있는데도 어릴 적부터 집안 식구들이 "짱구야!" 하고 불렀기에 자기 이름이 짱구인 줄 알았다. 처음 유치원엘 갔을 땐 자기 진짜 이름을 불러도 대답을 하지 않았다. 더불어 나도 동네에서 '짱구 엄마'로 불렸다. 지금은 어른이지만 아직도 나는 '짱구야'로 부른다.

태어난 지 9개월이 된 내 외손녀는 이름은 하나인데 별명은 한두 개가 아니다. 처음 태어났을 때는 '우리 공주님'이었다. 오줌을 싸서 기저귀를 갈아 줄 땐 '오줌싸개', 똥을 쌌을 때는 '똥싸개', 배가 고프다고 울면 '리틀 돼지', 아기 배가 수박처럼 불룩 나온 것을 보고 "미스하와이, 아가씨 배가 이게 뭐예요? 허리가 없잖아." 했다. 목욕을 시키고 옷을 갈아입힐 땐 '미스하와이'이다. 부를 때마다 다르지만 그 속엔 말할 수 없는 사랑스러움이 담겨 있다.

내 주위엔 '짠돌이 부부' '속사포' '정의파' '영국 신사' '아더메치' 등의 별명을 가진 사람들이 있다. '짠돌이 부부'는 날씨가 따뜻한 다른 주에 두 번째 집을 두고 살 정도로 넉넉히 사는 은퇴한 부부다. 교회 헌금 내는 것을 한 번도 본 적이 없다는 소문이다. 교회 모임이 있을 때 빠지지 않고 식사를 하지만 단 1불도 내지 않기에 붙은 부부의 별명이다. '속사포'는 누가 말을 하면 중간에 튀어나와 자기 할 말을 쭉 하며 남의 말을 가로막는 사람의 별명이다. '정의파'는 경우에 어긋난 얌체 짓을 한 사람을 보면 선후배 가리지 않고 앞에서 한 번씩 해 대는 내 친구의 별명이다. '영국 신사'는 부드럽고 예의 바른 태도로 그 사람의 장점 하나를 들어 칭찬을 하고 웃음을 띤 얼굴로 인사를 한다. 상대방도 그분의 예절 바른 태도에 자연 얌전히 인사하게 된다. 한인 사회에서도 덕망이 높은 인사의 별명이 '영국 신사'다. 또 '아더메치'라는 별명을 가진 사람도 있다. 선량한 신앙인으로 포장을 하고 사업체도 있는 사람이지만 자신이 행한 말과 행동에 대해서 매사에 자신의 이익을 계산해서 자신이 책임을 져야 하는 일도 다른 사람에게 뒤집어씌우는 사람이다. 한 마디로 이중인격이다. 오죽하면 아니꼽고 더럽고 메스껍고 치사하다는 별명을 가질까.

별명은 내가 지어 부르는 것이 아니라 살아온 삶을 보고 남들이 지어 주는 또 하나의 이름이다. 이왕에 별명을 가진다면 '아더메치'보다는 '영국 신사'가 낫지 않은가. 고상하고 좋은 별명을 가지려면 각자의 삶의 향기가 그 별명에 걸맞게 살아야 할 것이다. 나 또한 고상하고 좋은 별명을 가지고 싶다.

나는 요즘 손녀의 별명을 번갈아 부르면서 손녀 아기와 사랑에 푹 빠져 있다. 뜻을 알 수 없는 재잘거림과 자기 식구 얼굴도 알아보고 뒤집어서 기는 시늉을 하는데 앞으로 가지 않고 뒤로만 가는 손녀는 어떤 별명으로 불러도 예쁘기만 하다.

# 하와이의 겨울

　겨울은 춥고 바람이 많이 불고 폭풍과 눈과 살얼음을 떠올리게 하는 계절이다. 그래야 제격이다. 그런데 내가 사는 하와이에선 겨울을 느낄 수가 없다. 12월과 1월이면 한겨울인데도 티셔츠와 짧은 바지 차림으로 다니고, 바다에서 수영도 즐길 수 있다. 식당이나 쇼핑몰이나 공공장소에 가면 에어컨이 안 나오는 데가 없다. 겨울이라는 어감이 어울리지 않는 곳이다. 그러나 이곳 사람들은 그래도 겨울이 있다고 한다.

　하와이는 태평양 한가운데 생겨난 화산섬으로 무역풍(편서풍)이 부는 온난한 기후이다. 12월에 시작해서 2월에 끝나는 하와이의 겨울은 최고 기온이 화씨 80도를 웃돌며 최저 기온도 60도 아래로 내려가는 법이 많지 않다. 때론 겨울의 새벽과 밤은 화씨 40도까지 내려갈 때도 있다. 날씨는 은근히 변화하지만, 이곳 사람들은 감기에 걸려 고생하는 사람들이 의외로 많다.

하와이의 겨울은 보통 때보다 비가 많이 온다. 하루에도 몇 번씩 비가 오다 그치고 또 조금 있으면 비가 온다. 온종일 계속이다. 새벽에 비가 내리면 아침 동트기 시작할 때 어김없이 무지개를 볼 수 있다. 때로는 쌍무지개를 볼 수 있다. 그래서 하와이는 자동차 번호판에 무지개가 새겨져 있으며 하와이주의 상징이기도 하다. 석양 역시 겨울이 더 아름다운 것 같다. 태양이 질 때쯤에는 마치 하늘에 오렌지 물감을 풀어놓은 듯 시시각각 변하는 황홀한 석양빛은 절로 감탄사를 토해 내게 한다.

하와이는 태평양 중앙에 떠오른 섬이다. 약간의 기압의 변화나 구름의 움직임에 의해 기후가 나빠진다 해도 2~3일 뒤면 다시 화창한 날씨로 돌아온다. 바람을 벗 삼아 살랑거리는 야자수와 푸른 하늘과 눈부시게 빛나는 태양, 눈의 피로를 풀어 주는 에메랄드빛 바다, 하얀 모래사장에서 사시사철 수영을 할 수 있는 곳이다. 한국의 초여름 같은 따뜻한 날씨로 인해 추운 겨울에 지친 사람들의 휴양지로 인기를 독차지하는 세계적인 휴양지가 된 것 같다.

여행사에 따르면 하루에 일본 관광객은 만 명, 한국 관광객은 오백 명이 들어온다고 한다. 세계 각국에서 들어오는 관광객도 대단히 많아 하와이의 관광 사업은 날로 번창 일로에 있다. 사시사철 기후가 따뜻해서 꽃이 만발한 상하의 섬 하와이를 사람들은 지상낙원이라고 부른다. 밤하늘도 아름답다. 보통 도시에서 볼 수 있는 별들도 맑은 공기 탓인지 이곳에선 좀 더 크게 보이며 별빛 역시 더 초롱초롱 빛나는 것 같다. 새벽하늘에 걸려 있는 하얀 달도 하와이에선 자주 본다.

겨울이 있는 도시에선 한겨울에 폭풍이 불며 온도가 영하로 내려가면서 눈이 많이 오면 교통이 끊긴다. 학교가 쉬고 공공장소가 문을 닫고 하는 뉴스를 본다. 나도 시카고에서 지나온 겨울을 생각하게 된다. 눈이 너무 많이 와 교통이 두절되어 차를 몰고 밖으로 나갈 수가 없어 집 안에만 갇혀 있던 때도 있었다.

지금은 생활 리듬이 벌써 하와이에 젖어 뉴스에 나오는 겨울 풍경이 이젠 먼 곳에서 일어나는 것처럼 느껴지기도 한다. 그렇지만 진짜 겨울의 참맛은 함박눈을 맞으며 온 세상이 하얀 눈꽃으로 피어 있는 아무도 걸어가지 않은 새하얀 눈길에 내 발자국을 내며 걸어갈 때 겨울만이 가지는 독특한 아름다움을 느낄 수 있다. 시카고에서 내가 걸었던 눈 오는 날의 공원길을 못 잊는다. 눈 오는 겨울의 추억 때문에 내가 34년 살아온 시카고에서 다시 눈 오는 겨울을 즐기고 싶다.

하와이의 겨울은 겨울만이 가질 수 있는 낭만을 느낄 수 없다. 사시사철 만발한 아름다운 꽃을 보고 있노라면 계절의 변화를 느낄 수가 없어서다. 그러나 하와이의 따뜻한 기후 때문에 노후를 즐기는 사람들은 다른 주에서 사는 사람들보다 10년은 더 오래 산다는 얘기가 거짓말은 아닌 것 같다. 왜냐하면 건강에서 중요한 것 중에 공기와 물이 한 몫을 차지하는데 하와이는 맑은 공기, 화학 물질이 전연 들어있지 않은 마시는 물을 어디에서나 만날 수 있으니 장수할 수 있는 요건이 된다.

우리 교회에도 지난 2월에 100세 생일잔치를 하신 어른이 있는가 하면 지난달엔 99세 생일잔치를 하신 어른도 있다. 지금도 90살이 넘어 100살에 가까운 어른들이 많은 것이 이곳의 환경과 무관하지 않음을 느끼게 된다. 그래서 은퇴자가 하와이를 좋아하는 이유 중의 하나인 것 같다. 내가 이 지상낙원에서 꽃이 만발한 겨울을 즐기며 노후를 보내고 있는 것도 축복 중의 축복으로 생각하고 감사하며 노후를 즐기고 있다.

# 사랑에 빠진 파도와 은빛 모래사장

끝없이 펼쳐진 은빛 모래사장, 바다의 숨소리를 들으며 밀려오는 잔잔한 파도가 내 발자국을 씻어 내고 있었다. 지난밤 그리도 서럽게 눈물을 쏟아 내던 하늘은 하얀 뭉게구름을 업고 언제 눈물을 쏟았느냐고 반문하듯 눈부신 아침 햇살을 친구 삼아 파랗게 나 보란 듯 뽐내고 있다. 바다를 둘러싸고 있는 이름 모를 숲들은 살랑대는 미풍을 실어 맑은 호흡을 만들어 내고 있다.

마침내 내 심장의 문도 열렸다. 호흡을 통해 혈관을 통과하며 핏속을 송두리째 청소해 주고 있다. 지상 천국이란 곳 중에서도 세계 10대 해변에 들어간다는 하와이 카이루아에서 나는 아침 일찍 맨발로 모래밭을 걷는 습관에 길들고 있다. 밀려오는 파도는 푸른 울음을 머금고 세상에서 찌든 때를 씻어 내느라 헹굼질을 몇 번이고 하고 있다. 누웠던 수평선은 몸을 뒤척이고 밀려오는 파도는 휴식을 모른다.

내가 태어난 곳도 바다가 있다. 바다 가까이 살아서 그런지 철이

들면서 바다는 그리움의 대상이 되었고 고독할 때 말벗이 되었으며 깊은 사색의 갈림길에서 헤맬 때도 나는 어느새 바다에 나가 있었다. 바다는 변하지 않는 내 사랑이었고 친구였다. 깊은 사색의 장소였다. 바다가 없는 시카고에서 34년을 살았던 나는 바다 대신 미시간 호수를 바다처럼 생각하며 살았었다. 이제 고향의 품에 안긴 듯 바다가 있는 하와이 카이루아 비치에서 그리던 푸른 바다, 잠시도 쉬지 않고 밀려오는 파도, 작열하는 태양, 파란 하늘, 하얀 뭉게구름, 살랑대는 맑은 공기, 재잘거리는 맑은 새소리, 은빛의 모래사장과 사귀며 오늘도 비단결 같은 고운 모래가 발바닥에 닿을 때마다 조물주가 만든 아름다운 자연을 목청껏 노래한다.

참 아름다워라 주님의 세계는/ 저 솔로몬의 옷보다 더 고운 백합화 주 찬송하는 듯 저 맑은 새소리/ 내 아버지의 지으신 그 솜씨 깊도다//
참 아름다워라 주님의 세계는/ 저 아침 해와 저녁놀 밤하늘 빛난 별 망망한 바다와 늘 푸른 봉우리/ 다 주 하나님 영광을 잘 드러내도다.//
참 아름다워라 주님의 세계는/ 저 산에 부는 바람과 잔잔한 시냇물 그 소리 가운데 주 음성 들리니/ 주 하나님 큰 뜻을 내 알 듯하도다.

시시각각으로 변하는 구름과 코발트빛 바다는 어느새 내 친구가 되어 속삭이고 있다. 언제나 보고 싶으면 볼 수 있는 친구, 불평 한마디 하지 않는 내 친구, 때로는 내 영혼까지도 승화시켜 주는 말없는 친구들, 오늘도 사랑에 빠진 내 친구 파도는 은빛 모래밭을 쉬지 않고 어루만지고 있다. 나는 너를 영원히 사랑한다고.

# 파트락(Potluck)

파트락은 여러 사람이 각자 음식을 조금씩 가져와서 나눠 먹는 식사를 말한다. 연말이 되면 다니던 직장에서나 평소 속해 있던 단체나 학교에서 파티를 한다. 이곳 풍습은 직장에서는 음식을, 식당이나 음식을 만들어 공급해 주는 케이터링 업체에 주문해서 직원들에게 파티를 해 준다. 그러나 교회나 대부분의 작은 그룹을 형성하고 있는 친목 단체는 각자 음식을 한 접시씩 가져와서 나누어 먹으면서 조촐하게 파티를 한다. 나는 100여 명이 함께 노래하는 합창 그룹으로부터 50명 정도의 운동 그룹 등 여러 개에 나간다. 에어로빅 그룹, 스트레치 댄스 그룹, 줌바 그룹, 학교 모임, 교회 모임 등. 이런 모임에서는 파트락으로 파티를 한다.

내가 속해 있는 그룹은 교회를 제외하고는 한국 사람이 전혀 없는 외국 사람들이다. 나는 외국 사람들로 구성된 그룹에는 주로 한식을 만들어 간다. 이곳에도 한류가 유행이어서 한국 드라마나 케이 팝을 즐기는 사람들이 많아 한식 역시 인기가 높다.

한번은 에어로빅 그룹의 크리스마스 파티 때 잡채를 만들어 가지고 갔는데 너무 인기가 좋아 그 자리에서 잡채 만드는 강의도 한 적이 있다. 또 때로는 김밥도 해 가는데 이곳에선 일본 사람들이 많기 때문에 일본식 김밥과 한국식 김밥을 해 놓으면 한국식 김밥이 더 인기가 있다. 왜냐하면 일본식 김밥은 밥에 식초를 넣어 시큼한 맛이 나는데 우리 한국식 김밥은 참기름을 쓰기 때문에 고소한 맛이 있어 더 좋아한다.

또 한 번은 디저트로 수정과를 해 갔는데 인기가 대단했다. 이곳에선 디저트로는 치즈케잌(Cheesecake)이나 애플파이, 쿠키, 아이스크림이나 과일 정도다. 수정과는 한국 전통식으로 통계피와 생강을 넣고 끓인다. 은근한 불에 1시간 정도 끓인 후 통계피와 생강은 건져 내고 그 계피 물을 식힌 다음 흑설탕을 넣는다. 곶감을 먹기 좋게 썰어 먹기 직전 컵에다 몇 개씩 넣은 후에 잣을 몇 개씩 띄워 먹으면 수정과의 특이한 맛이 사람들을 기쁘게 한다. 나는 주로 외국 사람의 모임에는 한식을, 교회에서 한인의 모임에는 평소에 잘 접하지 못하는 음식을 해 간다.

교회에서 16주의 성경 공부를 끝내고 점심을 하는 시간에는 내 방식의 막국수를 해 갔는데 아주 인기가 좋았다. 재료는 시중에서 파는 한국 상표의 찰라면(보통은 메밀국수를 사용)을 여러 봉지를 살짝 삶아 물기를 뺀다. 이때 올리브유를 몇 방울 떨어뜨려 서로 달라붙지 않게 해 놓고 함께 들어 있는 매운 소스에 호두를 아주 잘게 썰어 넣고 사과, 배, 당근, 양파도 잘게 썰고 상추도 잘게 썬 후 먹기 전에 참기름과 깨를 넣어 함께 버무려서 각자 접시에 담아 먹게 했더니 어떻게 만들었느냐며 교인들이 너무도 좋아했다.

파트락으로 파티를 할 때 음식을 해 오는 사람들의 다양성을 보면 그 사람의 마음 씀씀이를 알 수 있다. 직장을 다니고 시간이 없는 사람은 식당에 주문해서 음식을 사 오기도 한다. 어떤 사람은 먹음직스럽고 푸짐하게 음식을 해 오는 사람이 있는가 하면 어떤 사람은 자기 혼자서 먹기도 적을 정도로 조그만 그릇에 음식을 가져온다.

오래전에 시카고에서 살 때다. 교회에서 한 달에 한 번씩 모이는 여 선교회가 있는 날이다. 모두 한 접시씩 음식을 해서 모이는 날인데 남편이 의사이며 장로 부인인 집사는 음식을 해 올 때마다 접시에 너무도 보기 좋게(?) 음식을 기계로 깔아 오는 것처럼 아주 얇게 깔아서 오는 분으로 소문이 나 있다. 그날도 접시에 음식을 얇게 깔아 온 것을 보고 나이 많은 집사가 모르는 척하면서 "누가 이렇게 음식을 접시에 깔아 왔어? 이렇게 깔아 오느라 시간깨나 걸렸겠다." 본인이 들으라는 식으로 말을 했다. 한쪽에선 웃음이 나오는 것을 참느라고 야단인데 그 의사 아내인 집사는 아랑곳하지 않는다.

또 한번은 어떤 모임에서 남편은 의사이고 부인은 부동산 중개인으로서 돈도 많이 버는 사람이다. 그런데 그 사람은 평소에도 남에게 베푸는 것은 참으로 인색해서 소문이 나 있는 사람인데 바쁘다는 핑계로 항상 빈손으로 와서 실컷 먹고 음식을 싸기가 바쁘게 사라지곤 했다. 그리 보기 좋은 모습은 아니다.

성경에는 복 받는 조건 중에 "주는 것이 받는 것보다 복이 있다."고 가르치고 있다. 세상 살면서 인색하게 욕심이 꽉 차서 사는 인생이나 넉넉하지 않아도 있는 것 가지고 나누고 베풀면서 사는 사람이나 살아가는 것은 별 차이가 없다. 인생의 종말에서 어떻게 살아온 것이 값진 인생인가는 자신이 아닌 주위의 사람들이 판단할 것이다. 더불어 믿는 사람이라면 하나님께서 심판하실 때 모든 것이 드러날 것이다.

여러 종류의 사람을 보면서 나는 어떻게 살아야 할 것인가, 자신에게 질문을 한다. 주는 것이 받는 것보다 복이 있다는 말씀대로 살아갈 것을 마음 깊이 새기면서 행동으로 내 삶을 살아갈 수 있도록 성령님께 간구한다. 모든 것이 하나님께서 주신 것인데 말씀대로 살아갈 수 있도록 하나님께서 도와주시기를 오늘도 간구한다.

# 안녕하세요? 예뻐

"안녕하세요? 예뻐."

8살짜리 외손녀가 처음 만나는 한국 사람에게 하는 인사말이다.

1970년 무렵 한국에서 아파트가 지어지기 시작했을 때 동부이촌동에 한강맨션과 복지아파트가 지어졌다. 나는 1966년도에 약학 대학을 졸업하고 약사가 되어 처음으로 청량리역 입구에 있는 대왕코너 백화점 1층에 약국을 열었다. 약국은 승승장구 잘되었다. 몇 년 후 동부이촌동에 새로 짓는 아파트의 광고를 보고 아파트 두 개를 신청해서 한 개는 용도 변경으로 약국을, 다른 하나는 살림집으로 계약해 처음으로 아파트 시대를 살게 됐다. 주위에 99평 하는 고급 맨션도 몇 개 있었는데 유명 연예인들도 살았다. 고객은 주로 전화로 상담하고, 약은 배달해 주었다.

그 무렵 미 8군에서 일하는 미군 몇 사람이 그 아파트에서 살았다. 그중 한 사람은 부인이 한국 여자였으며 운전기사는 그녀의 남동생이었다. 어느 날, 그 미군을 약국 입구에서 만났다. 나를 보고 "돼지 새끼야."라고 했다. 나는 깜짝 놀라 그 미군을 쳐다보았는데 그 사람은 여전히 웃고 있었다. 마침 그 미군의 운전기사가 나타났다. 나를 보고 "돼지 새끼야."라고 하면서 웃고 있는데 이 사람 미친 사람 아니냐고 그에게 화풀이했다. 그랬더니 자기 탓이라면서 죄송하다고 사과했다. 매형이 매사에 까다로워 너무 스트레스를 받으면 한국말로 욕을 할 때도 있다고 했다. 아침에 만나면 항상 '돼지 새끼야.'가 무슨 뜻이냐고 물으면 '굿 모닝.'이라고 얘기를 했단다. 그러니 나에게 "돼지 새끼야."라고 한 말도 자신은 굿 모닝이라고 한 것이니 웃고 있었던 것이다.

미국에 와서 선물 가게를 하면서 크리스마스가 되면 미국 직장에 다니는 사람들은 자신의 보스에게 크든 작든 선물을 한다. 한 고객이 선물을 사러 왔는데 그 개새끼에게는 선물을 하나도 해 주고 싶지 않다고 했다. 그래서 내가 "개새끼라니요?" 하고 물으니 자기 보스란다. 하루에도 몇 번씩 직장에서 부딪치기 때문에 아침에 만나면 웃으면서 "개새끼야." 하며 그 말을 '굿 모닝'이라고 가르쳤기 때문에 항상 아침 인사가 '개새끼야.'였다고 한다.

지금은 한류가 세상을 뒤덮는 세상이라 미국 학교에서도 한국어를 가르치는 학교도 있고, 토요일에 한국어를 가르치는 한국 학교도 있다. 40년 전 내가 미국에 왔을 땐 한국어를 모르는 사람들이 많았다. 굿 모닝, 즉 좋은 아침입니다. 좋은 뜻을 가진 아침 인사를 돼지 새끼와 개새끼로 하니, 아침마다 그런 말을 하는 사람의 마음은 얼마나 황폐해 있을까. 얼마나 스트레스를 받으면 이런 말로 상대방에게 모욕을 줌으로써 자신은 조금 만족했을까. 이런 생각을 하니 내 마음도 편치 않았다.

LA에 사는 둘째 딸이 낳은 아이들은 한국말을 전연 못 한다. 딸아이가 사는 동네는 한국 사람들이 별로 많이 살지 않는 동네다. 작년도 추수 감사절과 크리스마스를 그곳에서 보내고 2018년 새해에도 그곳에 있는 동안 나는 손자 손녀들에게 한국말을 가르쳤다. 아침에 일어나면 우리 손자 손녀는 "굿 모닝, 예뻐." 또 저녁에는 "굿 나이트, 예뻐." 하면서 내 뺨에다 키스하고 잠자리에 든다. 이왕이면 좋은 말 아름다운 말을 할 수 있도록 가르치고 싶다. 기분 좋은 아침에 만난 사람들을 '돼지 새끼야.' 또는 '개새끼야.' 하는 것보다는 '굿 모닝, 예뻐.' 하면서 웃으면 상대방도 기분이 좋아 기뻐하지 않을까. 내가 하는 말이 상대방의 마음을 언짢게 하는 것보다 사랑이 넘치는 말로 서로 평안을 주며 기쁨을 준다면 얼마나 좋을까. 나는 지금 한국말을 모르는 손자 손녀들에게 아름다운 한국말을 가르치는 선생이 되어 있다.

# 하와이 사랑

"호텔에서 나오는 물을 꾹꾹 눌러서 많이많이 드시고 가세요."

30년 전에 하와이로 관광을 왔을 때 여행 안내자가 말했다. 화학적인 정수를 하지 않고 자연 그대로 무공해인 상태의 물이 나오기 때문에 하와이에서 마시는 물은 '생수'이며 '보약'이라고 했다. 그러면서 하와이에서 살면 5년을 더 오래 산다고 했다.

오아후(Oahu) 섬 일주 여행으로 시작된 일정은 다이아몬드 헤드, Dole 파인애플 농장, 진주만(pearl harbor) 체험도 했다. 진주만 공습은 태평양 전쟁이 발발하게 된 사건이다. 1941년 12월 7일 아침 일본 제국의 해군이 미국 하와이주 오아후 섬에 위치한 진주만에 기습 공격을 가했다. 이 공격으로 12척의 미 함선이 피해를 당했거나 침몰했고, 188대의 비행기가 격추되거나 손상을 입었으며, 2,403명의 군인 사상자와 68명의 민간인 사망자가 나왔다고 했다. 그때 미국 전함 애리조나는 일본군의 폭탄에 피격 받은 뒤 이틀 동안 불타올랐고, 함선 일부는 나중에 인양되었으나 나머지 부분은 지금까지도 남아 있어 일본의 전쟁 야욕을 자손 대대에 길이길이 알려 주는 역사의 기록으로 전시되어 있다.

하와이는 비가 온 다음 무지개를 자주 볼 수 있는 곳이며 무지개가 자동차 번호판에 새겨져 있는 아름다운 주로서 '알로하 스테이트'라는 별명이 있는 주다. 알로하의 뜻은 사랑, 애정, 자비, 사랑하는 연인 등의 예쁜 인사말인데, 진주만은 그 뜻에 걸맞지 않은 아픔의 역사가 존재하고 있다. 하나우마 베이(Hanauma Bay)는 용암이 흘러내려 형성된 바다 밑이 너무도 맑아 바다 속이 훤히 다 보인다. 무릎을 조금 넘는 깊이로 평소에도 보기 어려운 각양각색의 열대어들이 과자를 주니 주위로 몰려든다. 법적으로 잡아서 가지고 오지는 못한다.

포르네시안 민속촌에선 호수 위에 배를 타고 나와서 춤을 추는 포르네시안들의 정열적인 춤, 남자들이 치마를 두르고 관광하는 사람들을 안내하는 모습, 원주민이 코코넛 나무에 올라가 직접 따 온 코코넛에 구멍을 내 주어 마신 코코넛 주스, 즉석에서 가르쳐 주는 훌라 춤을 난생처음 춰 보며 뻣뻣하게 굳어진 몸에 활력을 불어넣어 주기도 했다. 어디 가나 맑은 공기로 우리 몸속의 피까지 맑게 만들어 주는 것 같은 상쾌함에 피곤한 줄도 몰랐다. 이곳에 살면 5년을 더 오래 산다는 관광 안내자의 말이 맞는 것도 같았다.

미국에 온 지 10년째 되는 해에 나는 일 년 중 제일 바쁜 12월을 보내고 1월 초에 남편과 함께 하와이에 관광을 왔다. 시카고의 겨울은 눈이 많이 오고 추운 날씨가 많아 여유가 있는 사람들은 따뜻한 곳으로 가서 겨울을 지내고 오기도 한다. 그러나 나는 그럴 형편이 되지 않아 미국에 이민 온 지 10년 만에 하와이 여행을 할 기회를 가졌다. 그것도 두꺼운 코트와 털이 들어 있는 구두를 신고 사는 시카고의 겨울 시즌에 왔다. 곳곳에 꽃이 반발하고 반바지에 슬리퍼 차림으로 활기차게 걷는 사람들의 모습이 좋아 보였고 지상낙원이라고 불리는 하와이의 첫인상은 평화로움 자체였다. 그때 나는 늙으면 이곳에 와서 살면 참 좋겠다는 생각을 했었다.

10월 26일이 되면 꼭 두 달째이다. 나는 미국 시카고에서 아들 둘 딸 둘을 키우면서 뒤를 돌아볼 겨를이 없이 바삐 살아왔다. 덕분에 아이들은 다 장성해서 자기의 길에서 제 몫을 하면서 잘살고 있다. 어느덧 손자 다섯과 손녀 셋을 가진 할머니가 되었다. 그동안 사업을 하며 바삐 살아온 터라 손자 손녀 기저귀 한번 갈아 주지 못하고 할머니 이름만 듣고 살았다.

8년 전 12월에 은퇴하면서 첫째 딸의 출산 뒷바라지를 해 주기 위해 하와이로 왔다. 딸이 둘이지만 딸아이의 출산 뒷바라지도 처음이다. 딸아이는 오자마자 하와이가 나이 많은 사람들이 살기에 너무도 좋다면서 이곳에서 노후를 보내라고 성화다. 맑은 공기, 좋은 물은 건강의 첫째 조건이란다. 그런 조건을 갖춘 하와이는 기후도 좋아 본토에 사는 것보다 10년은 더 오래 산다고 딸은 한 술 더 뜬다. 그동안 저희를 키우느라 고생한 것을 알고 있는 큰딸 아이는 이제는 엄마가 좋아하는 것을 하면서 HAPPY(행복)와 HEALTHY(건강)만 생각하고 나머지는 모든 것을 자기가 알아서 할 테니 아무 걱정을 하지 말란다. 말만 들어도 고맙고 감사한 일이다.

하루는 독서와 글쓰기를 좋아하는 나를 데리고 하와이 주립 도서관엘 갔다. 만팔천 권이나 되는 많은 한국 책에 놀랐다. 처음 개인이 설립한 '문스 북 클럽'이 '한국도서재단'이라는 재단을 탄생시켰고, 이 재단이 주축이 되어 신간 서적도 꾸준히 들어온다. 한류의 물결이 밀려오면서 한국 DVD는 이곳 현지 주민들에게 한국을 알리는 데 큰 공헌을 한다. 책을 몇 권 빌려와서 첫 장을 펴 보니 이 책은 누가 기증했고 운임은 누가 부담했다는 표시가 되어 있다. 개인이나 사업체들이 후원하고 있는 것을 알게 되었다. 많은 것을 느꼈다.

다른 주에서는 볼 수 없는 일이다. 내가 사는 시카고에서도 도서관이 있어 한국 책들이 조금씩은 있다. 그러나 만팔천 권이나 되는 한국 책은 없다. 그리 크지 않은 장소에 몇 나라들의 책들과 함께 진열되어 있다. 그러나 이곳 주립도서관에는 한국부가 따로 있어 내가 보기엔 적어도 8,000스퀘어피트 정도는 되어 보이고 풀타임으로 한국 분이 있어 한국말로 친절히 도와준다. 또 하나 놀란 것은 주립 도서관 웹사이트에 들어가서 내가 보고 싶은 책을 주문할 수 있고, 그 책을 내가 사는 집 가까운 도서관에서 받거나 반환도 할 수 있다. 보고 싶은 책이 없을 경우엔 한국에 주문한 후 들어오면 연락을 해준단다. 이런 좋은 시스템은 미국 내에선 하와이 한 곳뿐인 것 같다.

이런 훌륭한 시스템을 만들기까지 수고한 분 중에 문숙기 님의 뜨거운 열정이 뿌리가 되었다는 것을 알게 되었다. 훌륭한 일을 하신 분으로 존경이 간다. 문숙기 님은 하와이 주립 도서관 시스템을 통해 한국 도서와 DVD 보급으로 한인 동포들의 정체성 함양 및 지역 사회에 한국 문화를 홍보하고 있는 한국도서재단 설립자로서 재외 동포 권익 신장을 통한 동포 사회 발전에 크게 이바지한 공로를 인정받아 대한민국 정부로부터 국민포장 수상자로 선정되었다. 마땅히 받아야 할 상이다.

미국 곳곳엔 한인들로 구성된 단체가 많다. 일부 단체의 단체장들은 일단 당선되고 나면 자신을 내세우기 위해, 또는 본국 정부와 끈을 만들기 위해, 자기 사업을 위해 열심히 노력하는 경우는 많아도 진정 2세들을 위한 공약을 내세우는 단체장은 많지 않다. 그런 면에서 본다면 하와이의 '한국도서재단'은 다른 주에서도 본받아야 할 시스템이다. 내가 34년을 살아온 시카고에도 이런 제도는 없다. 나는 시카고에 돌아가면 하와이의 한국도서재단에 대한 얘기를 할 것이며 늦게나마 이런 좋은 제도를 본받도록 우리 여성 단체는 물론이고 한인 사회에 알리고 싶다.

또 나는 이곳에 오자마자 24년 전에 포르네시안 민속촌에서 딱 한 번 배웠던 훌라춤을 '우쿨렐레'라는 하와이 전통 악기에 맞춰 하와이 노래도 배우며 훌라춤을 배우기 시작했다. 에어로빅, 수영, Stretch 댄스, Therapeutic 운동도 하고 보고 싶은 책들도 마음대로 보면서 지내다 보니 하와이가 점점 좋아지며 재미가 있다.

30년 전에 관광으로 왔을 때는 하와이의 겉만 보았는데 속을 차차 하나씩 알면서 딸이 나를 하와이 사람으로 만들려고 작정한 것에 서서히 빠져 들어가고 있다. 큰딸은 대학 동창이 하와이에 사는데 놀러 왔다가 하와이에 반해 살기 시작한 지 23년째이다. 이제 한 달밖에 안 된 손녀한테 큰딸이 하는 말 "너는 복도 많다. 할머니가 기저귀를 다 갈아 주고." 사업에만 매달려 손자가 많아도 한 녀석도 기저귀 한번 갈아 주지 못하고 컸기 때문에 하는 소리다. 잘 때는 배냇짓을 하기도 하고, 까만 눈동자로 사람을 한참 보고 배가 고프다고 울기도 하며 잊어버렸던 옛날 내가 아이들 키울 때를 생각하게 해 주는 손녀딸이 예쁘고 귀엽다. 세 살짜리 손자는 아침에 일어나면 내 방에 와서 "할머니, 아이 러브 유." 하며 조그만 입을 내 뺨에 대고 키스한다. 딸은 산후조리를 해 주러 온 나를 오히려 건강부터 먹는 음식까지 아이처럼 보살핀다. 나를 하와이에 묶어 두려고 한다. 편안한 노후를 즐겨야 한다면서.

30년 전 하와이 관광을 처음 왔을 때 '늙으면 이곳에 와서 살면 좋겠다.'라고 생각했던 것이 현실로 다가왔다. 하와이가 좋다. 하와이를 사랑하고 있는 모양이다. 나는 지금 행복한 고민에 빠져 있다.

# The key to Heaven

Nowadays, everyone carries a key, from kindergarteners to adults.

When I was a young girl growing up in Korea, there was no such thing as a key to the house. The house door was locked from the inside by a horizontal stick, and when a visitor wanted to come in, a knock would suffice.
There would always be someone to welcome him in.

In the old days, a home almost always had grandparents, parents, and children all living in one house. Someone was always home to open the door. In the modern world, However, most people work or go to school and leave the house empty. When children finish school and return home, parents are still working. Therefore, everyone has to carry keys. And a variety of keys are needed for the house, car, store, office, bank safety–deposit box.

When I was living in Chicago, I lost one of these important keys–the house key–and accidently locked myself out of the house one evening. I called my son, knowing that he had a spare key to the house, but unfortunately he was out of town at the time on vacation.

I felt stuck and frustrated. The sun has set, and it was getting darker. Inside the house were my key, my cell phone, and the comforts of my home. Suddenly, because of my little mistake, I became homeless. Imagine how I felt when I had to go to my neighborhood Dunkin' Donuts and ask to borrow some change for the public pay phone!

Luckily, I was able to contact one of my good friends, who invited me to spend the night at her house.

The next morning, I was very thankful when my friend's son was able to help me unlock the door to my house.

Over time, I have gradually gained more appreciation for this learning experience. I used to take my keys for granted, thinking they were just tools I needed to enter closed doors. Because of this one key incident, especially after experiencing all the hardship it caused, reentering my house felt like entering heaven. I had never felt such a strong sense of relief, peace, and gratitude before.

Previously, when I heard a church sermon about heaven, I did not take it as seriously as I do now. Like other Christian believers who hope to live in heaven.

I was wondering how someone could get a key to heaven.

Because of this incident, I started to think deeply about the path there.

Considering how wonderful I felt when reentering my house, I can imagine what a wondrous feeling it will be to enter heaven.

People have doors to their hearts, the some kind as the doors to their homes. A person suffering from stress may need help, but if his heart is closed, even the ones closest to him are unable to help.

For example, some of my old customers would openly share with me their difficult and stressful moment in their lives.

What they needed was an open ear and support. I sympathized with their pain and emotions and prayed for them.

When I heard that their problems were solved, my heart

would feel relieved and full of joy. By trusting me, they got the key to open up part of their hearts.

Today, we live in the midst of stress. Which causes illness and creates further problems. In times of stress, opening your heart and discussing your concerns with your family, a close friend, mentor, or neighbor will help to bring them together to deal with your stress, and in return their lives will also be blessed.

How can I receive the key to heaven? As mentioned in the Bible, I think it is about following the footsteps of Jesus to help and serve others.

In that key accident, I was blessed that I had my lady friend whose heart was open and who was there for me. She is not even my family, yet she took care of me like a younger sister when I was locked out of my home.

For that, I am truly grateful. Every now and then I still open my heart and lean on my lady friend for her love and support.

I also want to be there for those who are suffering or in pain and open my heart for them to lean on me when situations get tough.

# Fairyland of Stars

I live with my granddaughter.

Her name is Azriela. I call her Assi as her nickname.

She is 2 years old.

She recently talks with prattling.

She always speaks about Fairyland of the Stars and it responds back to her. Most people can't understand her People don't know what to say because they don't understand her.

But I understand when she speaks the language of the Fairyland of Star. Because she speaks by gesture, I can read the happy and pleasant expression on her face.

I think Assi has a talent for speaking as she is extremely clever at speaking.

Whenever Assi asked to do something, I can hardly refuse her Because I love Assi. When I am with Assi, my soul is clear and very happy. I am also in the Fairyland of stars.

Assi's meaning of snivel is "biki, biki" and vitamin is "byding".

I can speak with 'Assi' as her language of Fairyland of Star.

I start early in the morning with Assi by my side.

I end the night with Assi by my side, holding my hands, dreaming into the Fairyland of stars.

# My Little Doctor

My little doctor gave me two injections in my buttocks today. My doctor is my three-year-old granddaughter.

Whenever I catch a cold, I tell my doctor, "I have a fever," or "I have a headache," or I have a sore throat."

Sometimes I might have a stuffy nose or a runny nose.

This is how a routine checkup goes. First, my little doctor looks at me with her big plastic glasses on.

She puts on her plastic toy stethoscope to check my chest and back. Instructing me, "Open your mouth," she looks into my mouth and ears with a flashlight. Then she writes on a small piece of paper. When I ask her what it is, my doctor says, "It's for medicine." She writes a prescription for me.

She tells me to pull up my clothes so that she can give me an injection with her plastic syringe.

If pretend that the injection is causing pain by saying "Ow—wee! Ow—wee!" She puts a bandage on where it hurts.

Then my three-years old doctor tells me "Good Girl! Good job!" After that, she gives me a Mickey Mouse sticker on my left arm.

Today, after I receiving two plastic injections in my buttocks, my cold seems to be getting better, I don't know how many more injections my Little doctor will give me.

It doesn't matter, however, because receiving treatment from my little doctor is so much fun! The best thing about my doctor is her pristinely clear sprit, which clears my spirit too.

I love my little doctor very much!

# 수필로 그린 삶의 자화상(自畵像)

### - 차덕선의 수필 세계

## 鄭 木 日

(수필가, 한국문인협회부이사장)

## 1.

수필은 삶으로 그린 자화상이다. 주제는 필자의 인생론이 아닐 수 없다. 좋은 수필은 읽고 난 뒤 오랫동안 마음에 남아 감동의 여운을 준다. '감동의 여운'이라는 것은 어떤 장면으로 남을 수도 있고, 또 느낌이나 향기, 빛깔, 가락으로 전해 올 수도 있다. 사라지지 않고 오래도록 독자들의 인생에 감동과 지혜와 깨달음을 주는 글일수록 좋은 수필이 아닐까 한다.

수필을 '붓 가는 대로 쓴 글'이라고 한 것은 수필 자체를 폄훼한 것으로는 생각되지 않는다. 수필의 속성을 잘 알고 한 말이다. '닥치는 대로' '아무렇게나' '내키는 대로'라고 풀이하면 '누구나 쓸 수 있는 글'이 되고 만다. '붓 가는 대로' 쓰지 않는 글이 어디 있을 것인가. 여기서 '붓 가는 대로'란 것은 형식에 구애됨이 없이 자유스럽게 쓴 글임을 말한다.

완벽에 가까운 글보다 진솔하고 격식 없는 수필이 마음을 끌어당긴다. 평온과 휴식을 안겨 주면서 인생론에 귀를 기울이게 만든다. 너무 완전무결하면 꾸며 낸 것 같고, 짜맞춘 듯이 빈틈이 없으면 여유가 없어 보인다. 완벽보다 파격이 있으면 더 좋고, 빈틈도 보이고, 모자람도 있어야만 미소가 나온다. 굳이 성공담과 미학만을 들을 필요도 없다. 오히려 실패담과 고행담에서 값진 교훈과 감동을 느끼게 된다.

수필은 인생을 담는 그릇이다. 인간이란 완벽하지 않기에 완벽한 수필도 있을 수 없는 일이다. 삶의 체험에서 얻어 낸 금싸라기로 어떻게 감동의 보석을 만들어 낼 수 있을까. 이 보석을 만드는 연금술은 어떻게 해야 할 것인가를 생각해 본다. 누구나 주제, 소재, 구성, 문장 등의 완벽성에 의한 작품을 원한다. 그러나 이보다도 '붓 가는 대로 쓴 글'에서 얻어지는, 오랜 숙련과 연마로 형식적인 요인과 절차를 뛰어넘은 자유자재의 경지를 지닌 수필이 더욱 귀해 보인다.

지난 세월을 남자처럼 살아왔다. 34년이다.

(중략) 주어진 환경 속에서 자기 몫을 잘하며 살고 있다. 힘들었던 이민 생활의 보람을 느끼며 감사하다.

내 나라가 아닌 미국에서의 사업은 모든 것이 서툴고 경험도 없었던 때라 많은 시행착오를 겪었다. 여러 회사의 물건을 사 들이는 과정에서 돈이 있다고 살 수 있는 건 아니었다. 대부분의 유명 회사는 크레딧 실적을 요구했다. 금방 이민 온 나는 크레딧 레코드가 없었기 때문에 살 수 없었다.

지금도 잊을 수 없는 일은 그 당시 손님들이 좋아하는 유명 브랜드 L 회사의 상품에 대한 거래를 트기 위해 그 회사를 방문했었다. 그때 세일즈맨이 나의 크레딧을 물어보았다. 한국에서 금방 이민 온 사람으로서 지금부터 하나 하나 크레딧을 쌓아 갈 생각이라고 했더니 잠시 후 그가

"당신과의 신용 거래 개설은 아직 불가능하다(not available)."라 했다.

퇴짜를 맞았다. 그 후 우연한 기회에 그 회사의 경쟁 상대인 다른 업체와 계약을 맺고 모두가 놀랄 정도로 상품을 많이 팔았다. 주위에 있는 여러 회사를 차차 알게 되어 많은 세일즈맨들이 자기 회사의 물건을 팔기 위해 우리 백화점으로 몰려들었다.

한 3년이 지났을 무렵 낯익은 세일즈맨이 왔다. 내가 처음 이민 와서 유명 브랜드 회사에 거래하러 갔을 때 거절했던 사람이다. 자기 회사와 거래를 하자고 했다. 나도 모르게 그때 그 세일즈맨에게

"당신을 위한 어카운트는 아직 불가능하다(not available)."라고 그때 그 세일즈맨이 한 말 그대로 했다. 그리고 1년이 지난 후에 그 회사와 거래를 다시 시작하면서 그 세일즈맨이 정중히 사과했다. 사업을 하면서 어려운 일도 많았지만 통쾌한 일 중의 하나로 기억에 남았다.

미국 생활은 힘들기도 했지만 보람된 일도 많았었다. 우리 백화점 광고가 잡지를 통해 미국 50개 주에 나갔다. 알지도 못하는 미국 시골에서도 주문이 들어오면 UPS(소포 배달 회사)로 물건을 보내 주었다. 나는 이렇게 미국 전역에 물건을 팔기 시작하면서 미국 시골 곳곳에 사는 한국 여성들을 많이 알게 되었다. 대부분 국제결혼을 한 사람들이다. 그들은 정에 목말라 있었고 사람에 따라 문제도 많고 아픔도 많았다. 시간이 지나다 보니 나는 어느덧 그들을 아끼게 됐으며 아픔도 함께했다. 문제 해결을 위해 서로 기도하며 의지하게 되었다.

― 〈여자로 돌아와서〉 일부

차덕선 수필가의 처녀 수필집 원고를 읽으면서 한 여성의 삶을 떠

올리며 인생을 생각해 보게 된다. 사람의 일생을 한 마디로 말한다면, '나서 살다가 죽었다.'로 축약되겠지만, 그 삶을 통한 의미의 발견과 가치는 사람마다 다를 수밖에 없다. 인간이 행한 모든 것들은 시간이 지남에 따라 흐려지고 희미해져 기억에서 사라지게 된다. '나의 삶과 인생'을 보존할 수 있는 영원 장치가 있다면, 자신의 '수필집'을 내는 일이다. '수필쓰기'는 삶에 대한 스스로의 발견이자 의미 부여인 동시에 일회성 삶을 살 뿐인 인간이 취할 수 있는 유일한 영원 장치가 아닐 수 없다. 차덕선의 이번 수필집 상재는 삶을 통한 인생의 발견과 의미 부여로 일생의 점검과 삶에 대한 음미를 보여 주고 있다.

여성의 삶에서 보기 드문 도전, 모색, 용기, 창조의 길을 보여 주고 있다. 약대를 졸업하고 약국을 개설하여 부족함이 없는 생활을 펼치던 삶에서, 미국으로 건너가 온갖 시련과 어려움을 견뎌 내며 꿈을 이뤄 내는 모습을 보여 준다. '약국' 운영만으로 만족하지 않고, 미국행을 택한 일도 예사롭지 않다. '평온한 삶'을 갖기보다는 도전을 통한 '의미 있는 삶'을 택했다. 주저 없이 생면부지의 미국행을 택했고, 자신만의 목표와 의지로 미국에서의 새로운 삶의 길을 열었다.

약사로서 '약국 운영'만으로 일생을 보내는 일에서 벗어나 '미국'이라는 큰 나라에서 새 삶을 개척해 보려는 도전 정신과 실천은 여성으로선 예사로운 모습이 아니다. 편안하고 안정된 길에 만족하지 않고, 도전의 길을 택하고 나선 것이다. 당시 여성 직업으로선 선망의 대상이었던 '약사'직을 떨쳐 버리고 가슴이 뛰는 역동적인 직업을 갖고 싶었다. 그러기 위해선 '미국'이란 큰 무대가 필요했고, 개척 정신과 용기가 필요했다. 편안한 직업에 안주하는 것에 그치지 않고, 개척과 도전으로 새 길을 여는 모습을 보여 준다.

<여자로 돌아와서>는 미국에 이주하여 남자처럼 살아온 34년의 삶을 보여 준다. 1977년 미국 시카고로 이민 와, 한국에서 약국 경영 11년의 경험을 토대로 로렌스 한인타운의 D백화점을 시작으로 아들 둘, 딸 둘을 키우면서 지내왔다. 한국에서의 약국 경영을 합치면 45년간 자녀 교육 등 어머니로서의 역할을 다하기 위해 최선을 다했다. 미국에서의 사업도 시행착오를 겪어 내야 했으며 미국 전역에 물자를 팔기 시작하면서 시골 곳곳에 사는 한국 여성들을 자연스럽게 많이 알게 되었다. 시간이 지날수록 서로 소식을 주고받으며 아끼게 되었다. 즐거움과 아픔도 함께했다. 삶의 문제 해결을 위해 서로 기도하며 의지하게 되었다.

〈여자로 돌아와서〉는 미국의 생활 전선에서 이겨 내기 위해선 최선을 다한 삶의 모습을 보여 준다. 자신과 가족들을 위해 생활인으로 최선을 다해 온 삶이다. 이제 본연의 '여성'으로 돌아와 살기를 원하는 작가의 표정에 미소가 감돌고 있다.

차덕선의 〈여자로 돌아와서〉는 생존 경쟁의 삶에서 '성(性)'을 초월하여 오로지 직무에만 매달려 왔던 삶을 돌이켜보면서, 개척과 지혜, 발견과 도전을 독자들에게 고취시켜 준다.

## 2.

수필은 마음을 꽃피우려는 문학이다. 자신의 삶과 인생을 담아낸다. 수필의 경지는 곧 인생의 표정이 아닐 수 없다. 밖에서 들어온 '지식'이 아니라, 체험을 통해 스스로 깨달음의 꽃을 피워 낸 '지혜'를 보여 주는 것이 수필이다.

'수필을 읽는다.'는 것은 인생과 마음을 본다는 말이다. 한 사람의 인생을 보는 것이며 만나는 일이다. 수필은 자신의 체험과 인생을 비춰 보이는 문학이다. 마음의 평온과 미소를 얻게 해 준다.

가지치기한 나무들은 나무 전체의 모양새가 다듬어져 건강한 나무로, 또 튼튼한 꽃망울을 터뜨리며 아름답게 우리에게 다가와 기쁨을 선사한다. 정말 잘 자랐구나. 아름답게 피어났구나. 나도 모르게 감탄하며 칭찬하게 된다. 그러나 가지치기하지 않은 나무는 서로 잘났다고 질서 없이 뻗어 나간 가지에 꽃은 피었지만 어딘지 부산해 보이고 정신이 없게 보여 어지러운 모양새를 보일 때도 있다.

우리 인간 사회도 다양한 사람이 함께 어우러져 살아가고 있다. 때가 되면 나무들 가지치기하듯 우리 사람들도 고쳐야 하는 나쁜 습성이나 몸 안에 들어 있는 나쁜 질병의 문제를 가지치기한다면 더 건강한 삶과 보람되고 아름다운 삶을 살아갈 수 있지 않을까.

나는 작년 봄에 해마다 하는 정기 검진에서 자궁에 이상이 발견되어 조직 검사를 했다. 다행히 암은 아니라는 검진 결과를 접하고 나 역시 가지치기를 했다고 생각했다. 몸 안에서 일어나는 질병은 정기 검진을 통해 나쁜 것을 찾아내어 수술로 가지치기하고 또는 약물로 치료할 수 있다. 그러나 내 마음속에 있는 인간관계에서 받은 상처나 아픈 감정은 가지치기하기가 어렵다.

　　　　　　　　　　　　　　　　　　　　　　　　　　－ 〈가지치기〉 일부

나무는 '가지치기'를 통해 모양새가 다듬어지고 건강한 나무로 자랄 수 있다. 인간도 어려서부터 '좋은 습관'은 칭찬해 주고 '나쁜 습관'은 고쳐 줘야 한다. 나이가 들수록 성격에 장점과 단점이 나타나기도 한다. '교육'의 핵심도 지식의 전승만이 아닌 공동체 삶에 있어서 지켜야 할 공중도덕과 예의와 범절, 질서를 가르쳐 주는 데 있다. 어릴 적 버릇은 평생까지 갈 수 있으며 삶에 큰 영향을 미치기도 한다.

인생에 있어서 '가지치기'란 지나친 욕심이나 행동을 자제함으로써 바른 삶을 살아가는 행동 모습이 아닐까 한다. '탐욕' '분풀이' 등 좋지 않은 감정을 스스로 씻어 내는 자각의 실천이 아닐까 한다. 나무도 가지치기를 통해서 아름다운 모습을 얻을 수 있듯이 인간도 진(眞), 선(善), 미(美)를 옳게 가르쳐야 참다운 인성을 가질 수 있다.

수필 〈가지치기〉에서 보여 주는 나무의 모습과는 달리 인생의 모습은 바깥의 것만이 아닌 '감정' '마음'이란 보이지 않는 것에 좌우될 때가 많다. 과욕을 버리고 평상심을 되찾는 지혜가 있어야 한다. 〈가지치기〉는 스스로 마음을 정화시키고 올바른 판단을 할 수 있는 지혜를 보여 주며 인생의 성찰과 가치 있는 삶의 지향을 보여 준다.


## 3.

수필쓰기는 '나의 삶, 나의 인생'에 대한 고백인 동시에 삶에 대한 의미 부여가 아닐 수 없다. 인간의 삶은 '완성'에 도달하기란 어려운 일이다. '완벽한 인생'이란 찾아보기 어려운 일이 아닐까. 인생이란 살아가면서 차츰 터득하는 길이다. '완벽의 인생'이 없기에 '완벽한 수필'도 찾기가 쉽지 않다.

차덕선 수필가는 항상 깨어 있는 정신으로 자신의 삶을 점검하고 있다. '자신의 인생 의미'에 대한 스스로의 질문을 던지고 있다. '바람직한 삶의 길을 걷고 있는가?'라는 물음에 대한 답을 내놓고 싶어 한다. '여성의 삶'으로 자신과 가족, 주변과 사회에 부족함이 없었는지를 스스로 질문하고 있다. 그의 수필은 자신의 삶과 인생을 진실 그대로 후대에 전하고 싶다는 생각에서 이뤄진 것이 아닐까 한다. 일생이란 순간처럼 스쳐 가고 차츰 퇴색되고 기억에서 사라지고 말지만, 차덕선은 '수필쓰기'란 영원 장치를 통해 남겨 놓을 수 있음을 알고 있다. 누구에게나 한 번 뿐인 '일생'을 영원화한 장치가 바로 '수필쓰기'임을 자각하고 있다. 수필집 한 권을 내놓는 일은 일생에 있어서 가장 큰 의미로 다가온다. 삶에 대한 통찰일 뿐 아니라, 일생을 통한 삶의 발견이며 의미 부여이기 때문이다. 또한 모든 일들이 시간이 지남에 따라 점차 사라지고 말 것이지만, 수필집만은 일생의 모습을 그대로 보여 줄 유일한 영원 장치가 아닐 수 없다.

수필집 한 권을 상재한다는 것은 일생에서 가장 귀중한 작업이 아닐 수 없다. 시, 소설, 희곡 등은 픽션으로 상상력이 풍부하고 문장력이 있는 사람이라면 쓸 수 있는 문학이지만, 수필만은 논픽션으로 인생의 경지가 곧 수필 경지가 된다. 한 권의 수필집을 남긴다는 것은 곧 일생의 모습과 진실을 남긴다는 말이다.

"학교 가야지, 어서 와서 아침 먹어라."

"네, 나 지금 양말 입어요."

아침마다 엄마와 초등학교 3학년인 둘째 딸과의 대화다. 미국 학교에 다니다 보니 옷을 입는다는 말과 양말이나 신발을 신는다는 말을 모두 '입는다(wear)'라고 한다. 아들 둘, 딸 둘 중에 막내딸인 에이미(Amy)는 다른 아이에 비해 매사에 꼼꼼해서 행동이 빠르지 못했다. 나는 토요일에도 일했기 때문에 내 아이들을 주말에 한글을 가르치는 한국 학교에 보낼 수가 없었다. 내가 미국 생활을 하면서 후회되는 일 중 하나가 아이들에게 한국어와 한글을 충분히 가르치지 못한 것이다.

피아노, 첼로, 바이올린, 플루트 등 악기 연주와 골프, 테니스, 태권도, 유도 등의 운동은 열심히 가르치면서 정작 우리말과 글을 가르치는 데는 소홀했다. 그것이 두고두고 후회된다. 내 주위에는 미국에서 나서 자란 아이가 있는데 우리말도 잘하고 한글도 잘 읽는 아이를 보면 얼마나 부러운지, 그 아이의 엄마에게 칭찬을 아끼지 않는다.

이제 우리 아이들은 다 장성했고 결혼해서, 내게는 손자 손녀도 있다. 내가 못 가르친 한글 공부와 한국말을 아이들에게 가르치도록 내 자식에게 권하고 있다.

내가 미국에 올 때만 해도 영어가 우선이었다. 지금은 한국의 위상이 높아졌고, 한류(韓流)라는 이름으로 한국에 대한 관심이 온 세계에서 점점 높아지고 있다. 이제는 세계가 한 식구 되는 시대가 왔다. 영어 하나만으론 부족한 시대가 점점 오고 있다. 스페인어도 알아야 하고 중국어도 알아야 하는 시대다. 영어만 하면 미국에서 대학까지 나와 미국 회사에서 직장을 가지고 사는 것은 별 지장이 없다. 그러나 세계를 향한 꿈을 가지고 있는 사람은 영어 외에도 몇 개국 언어는 알 줄 알아야 하는 게 보편화됐다.

미국의 한국계 회사에서 직원 채용 때 들은 이야기이다. 한국계 사람으로서 실력도 갖추고 있고 영어도 유창한데 취직 시험에서 떨어졌다. 그 이유는 영어 잘하는 사람이라면 미국 사람을 뽑지 한국 사람을 뽑지 않는다는 것이었다.

그 응시자는 한국말도 잘 못 했지만 한글도 읽을 줄 모르는 사람이었단다. 이제 세계는 좁아 각 분야에서 필요한 사람을 뽑을 때는 영어 외에 다른 나라 말과 글을 한다는 것 자체가 본인에게 커다란 신용이 되는 것을 깨달아야 한다.

— 〈양말 입어요〉 일부

〈양말 입어요〉는 영어와 한국어의 소통 차이점에 대한 생각을 수필로 보여 주고 있다. 영어만 알면 되는 줄 알았던 시대도 있었지만, 세계가 한 식구가 되는 시대에 살고 있는 현대인들은 자국어와 영어 외에 다른 나라 말들도 배우지 않으면 안 되는 시대가 되었다. 나라와 민족마다 사용하는 말이 다르기 때문이다. 세계화 시대가 된 만큼 자국어와 영어만으로는 소통이 자유롭지 못함이 사실로 인식되고 있다.

"미국 학교에 다니다 보니 옷을 입는다는 말과 양말이나 신발을 신는다는 말을 모두 '입는다(wear)'라고 한다."

언어 사용은 공동체의 약속이기에 '신발을 신는다.'가 아닌 '신발을 입는다.'라고 해도, 그 나라의 어법에 따를 수밖에 없다. 한 나라의 전통 문화와 삶의 의식들이 언어 사용국의 어법으로 닮아 가는 현상을 보여 준다. 세계화 시대에 자국의 언어만으로 소통의 한정성을 느낀다. 말이 통하지 않으면 세계화를 이룰 수 없다. 〈양말 입어요〉는 가벼운 체험의 발견처럼 보이지만, 새로운 환경과 문화의 차이를 발견할 수 있다.

## 4.

차덕선 수필집 원고를 읽은 감회는 한 여성의 일생으로 피워 낸 '삶의 꽃과 향기'를 알게 되었을 뿐 아니라, 한 여성의 창조적인 삶의 개척과 완성을 보는 감회를 느꼈다. 어떻게 평탄한 '약사'의 길을 뿌리치고, 생면부지의 미국으로 건너가 도전과 개척으로 창조의 길을 택해 일생을 불태울 수 있었을까. 의욕과 강단이 있다고 성취되는 길이 아님에도, 혼신의 힘을 다해 삶을 개척해 나간 용기 있는 생활상에 찬사를 보내지 않을 수 없다.

여성과 어머니로서의 자각과 역할을 다하고, 신의와 노력으로 미국에서 성공을 거두는 모습은 한국 여성의 끈기와 지혜를 보여 준다.

독자들은 수필로 그려 놓은 삶의 자화상인 이 수필집을 읽는 것만으로 '인생의 길'에 대해서 생각하는 시간을 가질 성 싶다. '삶'이란 그냥 세월을 보내는 것이 아닌, 목적을 위해 전심전력을 다해 가야 하는 길임을 알려 준다. 한 여성의 감상적인 삶의 모습이 아니고, 치열하고 의미로운 체험을 통해 삶의 의미와 가치를 알려 주고 있다.

차덕선 수필가의 처녀 수필집 상재를 축하하며 앞날의 건강과 행운을 빈다.

차덕선 에세이

차덕선 에세이

여자로 돌아와서

여자로 돌아와서